KB078544

FUSION FANTASTIC STORY
A Bittersweet Life
미더라 장편 소설

즐거운 인생 8

미더라 장편 소설

초판 1쇄 찍은 날 § 2015년 2월 25일
초판 1쇄 펴낸 날 § 2015년 3월 4일

지은이 § 미더라
펴낸이 § 서경석

편집부장 § 권태완
편집책임 § 이창진

펴낸곳 § 도서출판 청어람
등록번호 § 제387-1999-000006호
등록일자 § 1999. 5. 31
어람번호 § 제1-2065호

주소 § 경기도 부천시 원미구 부일로 483번길 40 서경B/D 3F (우) 420-822
전화 § 032-656-4452 팩스 § 032-656-4453
http://www.chungeoram.com
E-mail § chungeorambook@daum.net

© 미더라, 2014

ISBN 979-11-04-90135-5 04810
ISBN 979-11-316-9220-2 (세트)

8

즐거운
인생

FUSION FANTASTIC STORY

A Bittersweet Life

미더라 장편 소설

도서출판 청어람

CONTENTS

CHAPTER **44**
고공행진

추노는 단숨에 시청률 30%에 근접했다. 1회가 나간 수요일 밤부터 인터넷이 뜨겁게 달구어져서 시청률이 잘 나오리라 예상은 했었지만, 실제로 2회 만에 30%에 육박할 줄은 예상치 못한 일이었다.

그저 첫 회 시청률인 25%보다 높게만 나와도 충분히 만족스럽다고 생각했었는데, 30%를 넘겨 버리니 방송국과 관계자들은 이제는 슬슬 욕심이 나기 시작했다. 40%의 벽도 넘을 수 있지 않겠느냐는 거였다.

어떤 사람들은 조심스럽게 50% 이야기도 했지만, 그건 사실상 불가능하다고 생각되었다. 50%가 나오려면 남녀노소 누구나 좋아하는 드라마여야 한다. 하지만 추노는 비교적 젊은 층이 열광하는 드라마여서 40%대만 나와도 기대 이상이라는 평이었다.

그리고 아마도 점점 시청률이 높아지기는 하겠지만, 대부분 그 폭은 크지 않으리라 예상했다. 하지만 3회와 4회 시청률이 나오자 사람들은 소스라치게 놀랐다. 상승 추세가 수그러들지 않았기 때문이었다.

4회 시청률은 35%를 넘었다. 그리고 모든 배우가 호평을 받았다. 몇몇 배우가 열연을 펼쳐서 사람들의 눈을 즐겁게 하는 드라마는 많았지만, 이렇게 모든 배역이 뛰어난 연기를 선보인 드라마는 없었다.

캐릭터 하나하나가 각자 사연이 있었고, 사정이 있었다. 절대 선도 절대 악도 없었다. 그저 드라마 속 시대에 있었을 법한 사람들이었다. 하지만 아주 강렬한 개성과 매력을 뿜내는 캐릭터들이었다.

주혁의 빛나는 액션

식스팩의 남자들

영상미+액션+열연, 삼박자 갖춘 수작

"캬, 죽이네. 요즘은 이런 거 보는 맛에 산다니까."

PD는 너스레를 떨었다. 자신이 연출한 드라마가 시청률 고공행진을 하고 있는데 기분이 좋지 않을 PD가 어디 있겠는가. 그것도 역대급 드라마라는 이야기가 나오고 있으니 하루하루가 즐거웠다.

사방에서 오는 축하 전화가 끊이질 않았다. 그리고 그런 사정은 배우들도 마찬가지였다. 주연이야 제법 알려진 사람들이었지만, 조연 중에는 길거리에서 만나도 얼굴을 알아보지 못하는 사람들도 있었다.

하지만 이제는 모두가 알아보았다. 평생 처음 겪는 일에 배우들은 멋쩍어하기도 했지만, 그만큼 뿌듯한 감정도 느꼈다. 자신이 한 연기가 사람들에게 인정받는다는 의미였으니까. 그리고 그럴수록 더욱 역할에 몰입했다.

"아이고 PD님, 누가 보면 팔불출이라고 그래요."

배우들이 PD에게 농담을 던졌다. 이제 같이 일한 지도 반년이 가까워져 간다. 같이 고생도 해서 정도 많이 들었다. 게다가 이렇게 결과물까지 좋으니 분위기는 더할 나위 없이 좋을밖에.

거기다가 초반에 유일하게 단점이라고 지적되었던 여배우

의 모습도 나중에 의도된 바였다는 게 드러나면서 오히려 호평으로 바뀌었다. 도망치는 장면에서 초췌하고 지저분한 상태로 힘겨운 모습을 연기한 여배우에게 사람들은 박수갈채를 보냈다.

"사람들이 엄청 좋아하더라고요."

배우 중 한 명이 이야기했다. 인터넷에는 회상 장면이 추억이라서 아름답게 보였을 거라는 예측을 한 사람의 글이 성지라면서 사람들의 주목을 받고 있었다. 사람들은 이렇게 정교하게 준비된 내용에 푹 빠져들었다.

그리고 이후에 보여준 한현주의 연기가 좋았기 때문에 더 빛이 났음은 물론이었다. 소속사에서는 이렇게 된 거 제대로 가보자는 심정으로 작품을 위해서 몸을 사리지 않는 여배우라는 점을 어필했고, 대중들은 그런 면을 아주 흡족하게 생각했다.

"아마도 나중에 곱게 단장하고 나오는 거 보면 사람들이 더 좋아할걸요?"

"그렇겠지. 대비가 되니까 더 예뻐 보일 거야."

여기에 있는 사람들은 이미 보았다. 정말 한복이 잘 어울렸고, 굉장히 아름다웠다. 그렇게 여배우 이야기를 하다 보니 자연스럽게 노출 장면에 대한 이야기로 넘어갔다.

"거봐요. PD님, 노출하는 거 잘못하면 욕먹기 십상이라고 그랬죠?"

"그때는 조금 더 과감하게 노출하는 게 좋지 않을까 했는데, 지금처럼 한 게 다행이라는 생각이 들어."

찍을 때도 노출 장면을 두고 말이 많았다. 한현주도 노출을 부담스러워하지는 않았다. 작품 흐름상 꼭 필요하다면 더한 노출도 할 수 있다는 생각이었으니까. 하지만 어디까지가 작품의 흐름상 필요한지는 모호했다.

그래서 고민도 하고 여러 사람들 의견도 듣다가 결국에는 수위를 조절하기로 했다. 몇 가지 이유가 있어서인데, 일단은 사람들의 시선에서 어느 정도가 좋을 것이냐는 점을 많이 참고했다.

주혁이 가장 강력하게 주장한 부분이었는데, 주혁은 1회부터의 흐름을 쭉 짚으면서 시청자가 어떤 느낌으로 이 드라마를 받아들일 것이라는 걸 말했다. 그래서 노출이 심한 건 오히려 좋지 않을 것 같다고 주장했다.

그런데 주혁이 흐름을 쭉 짚어주니까 확실히 시청자 입장이라면 그럴 수 있겠다는 생각이 들었다. 그래서 수위를 조절했고, 뒤에 나오는 노출 장면도 조금 손을 보았다. 이게 노출이 심하면 모자이크 처리를 해야 할 수도 있는데, 그렇게 되면 갑자기 몰입이 확 깨진다.

정말 생동감 있는 장면. 그래서 마치 추노의 세계 속으로 들어가서 구경을 하는 것 같은 느낌으로 보고 있다가 모자이크를 보는 순간 현실 세계로 튕겨 나오는 것이다. 그렇게 되면 바로 짜증 내면서 채널을 돌린다.

그러니 적절하게 수위를 조절하는 편이 더 좋다고 판단되었고, 그래서 사람들이 보기에 민망하지 않으면서 의미 전달은 확실하게 할 수 있는 방향으로 촬영했다.

그리고 역시나 사람들은 그 장면에 대해서는 특별한 반응이 없었다. 당연히 필요한 장면이었고, 보기에 무난했으니까.

그리고 뒤에 나오는 장면도 아마 비슷한 반응일 것이다. 충분히 시청자가 납득할 수 있는 범위 내의 영상을 만들었으니까.

그런 걸 생각하면 주혁은 참 신기한 사람이었다. 마치 모든 장면을 머릿속으로 다 보고 있는 것 같았다.

'그러니까 투자사 관계자들이나 방송국 사람들이 주혁을 높이 치는 거겠지만.'

간혹 사람들이 출연 제의가 아니더라도 같이 만나서 이야기를 나눈다는 이야기는 들었다. 작품을 보는 눈과 흥행에 대한 감각이 아주 좋아서 참고가 많이 된다는 거였다. 그런 점은 자신도 무척 부러웠다. 그리고 그런 이유 때문에 이 작품에 참여했을 때 더 기분이 좋았던 거 아닌가.

PD는 같이 웃고 이야기를 나누면서 시선이 주혁에게로 자주 향했다. 그런 도움을 받은 것도 있고, 편집하면서 강주혁이 왜 뛰어난 배우인지 여실히 알 수 있었기 때문이었다.

주혁은 특히 고속 촬영에서 빛을 발했다.

일반적인 촬영에서야 크게 차이가 나지 않는다. 그런데 고속 촬영을 하니 액션에서 상당한 차이가 났다.

PD는 주혁의 모습을 촬영한 것만 따로 모아서 액션 교재 같은 걸 만들어도 좋겠다는 생각이 들었다.

이게 느린 화면으로 보다 보면 허점이 많이 보인다. 어설픈 것도 보이고. 그런데 주혁의 액션은 그런 게 거의 보이지 않았다. 정말 완벽한 자세와 타이밍. 시선 처리부터 자세와 동작까지 빈틈이 없었다.

특히나 PD가 놀란 점은 근육의 움직임이었다. 동작을 흉내만 내는 게 아니라 진짜같이 행동했다. 그래서 근육에 힘이 들어가는 게 다른 배우와는 조금 달랐다. 주혁의 영상을 보고 나니 어떤 것이 진짜처럼 하는 것이고, 어떤 것이 대충 흉내만 내는 것인지 분명하게 알 수 있었다.

그래서 중요한 지점에서는 주혁의 모습이 많이 나갔다. 다른 배우들도 훌륭하기는 했지만, 주혁의 영상이 가장 좋았으니까.

그런데 그걸 무술감독이 보더니 깜짝 놀랐다. 주혁의 움직임은 일반적인 게 아니라면서.

그는 장면을 세세히 짚어가면서 설명해 주었다. 그냥 무게감이 있는 걸 휘두르거나 적당히 힘들 주었을 때의 근육과 핏줄의 도드라짐, 그리고 제대로 힘을 쓸 때의 근육과 핏줄의 모습과 형태를.

설명을 듣고 나니 더 확실하게 알 수 있었다. 주혁은 정말 모든 장면에서 있는 힘을 다해서 움직이고 있었던 것이다. 무조건 힘만 꽉 주고 움직였다는 게 아니다. 힘을 사용할 때는 확실하게 사용하고, 멈출 때 정확하게 멈춘 거였다.

무술감독의 말로는 이런 장면을 찍고 나면 전력으로 달리기한 것과 비슷할 거라고 말했다. 그래서 놀랍다고 말했다. 이런 장면이 한 번에 오케이가 나는 것도 아니고 숱하게 찍어야 했으니까.

그래서 주혁이 대단하게 보였고, 참 훌륭한 배우구나 싶었다. 누구나 힘든 거 싫어한다. 편하고 쉬운 걸 좋아한다. 그런데 누가 알아주지도 않는데도 아주 세심한 부분까지 있는 힘을 다해서 움직이고 있었던 거였다.

"주혁 씨."

"예?"

주혁은 PD가 갑자기 부르자 의아한 표정으로 그를 쳐다보았다. PD는 빙긋 웃으면서 말했다.

"요즘 지치거나 힘들거나 하지는 않아? 액션 장면 많아서 그럴 것 같기도 한데."

"뭐 저야 젊은 나이잖아요. 아직은 괜찮습니다. 왜요? 뭐 사주시게요?"

"뭐 먹고 싶은 거라도 있으면 사줘야지. 고생하는데."

PD는 이런 식으로만 해준다면야 업고라도 다니고 싶은 심정이었다. 주혁은 잠시 생각하다가 입을 열었다.

"근처에 만두 잘하는 데 있나요?"

*　　　*　　　*

"어, 한섬……."

한섬 역을 맡은 배우는 은행원이 자신을 알아보자 추노가 인기 있긴 하구나 싶었다. 요즘은 젊은 사람뿐 아니라 나이 든 분들도 많이 보시는지, 자신만 보면 이야기가 어떻게 되느냐고 자꾸 물어봐서 곤란했던 적이 한두 번이 아니었다.

"추노 잘 보고 있습니다."

"예, 감사합니다."

배우는 은행원의 말을 듣고는 싱글벙글하면서 자리에 앉으려 했다. 그런데 은행원은 곧바로 싸늘한 표정으로 곤란한 질문을 해왔다.

"그런데 왜 배신하셨어요?"

한섬은 황당해서 할 말을 잊었다. 그렇다고 스포일러를 할 수도 없는 일 아닌가. 사실은 자신이 배신을 한 것이 아니라 이게 다 대업을 위한 위장이라고 어떻게 말할 수 있단 말인가. 참 난감한 일이었다.

그는 촬영장에 와서도 투덜거렸다. 그의 이야기를 듣고는 사람들이 모두 배꼽을 잡았다. 하지만 그는 투덜거리면서도 입가에는 미소가 가득했다. 이렇게 사람들이 관심을 가져주는 게 즐겁기만 했다.

추노는 정말 묵직하고 호흡이 긴 작품이었다. 정말 대사를 하고 있노라면 가슴에서 뜨거운 것이 느껴졌다. 자연스럽게 역할에 몰입하기도 좋았고, 정말 배우로서 살기를 잘했다는 생각이 들기도 했다. 그런 작품에 출연하고 있으니 어찌 즐겁지 않겠는가.

그런 배우들을 한편으로 하고 오늘도 PD는 검색을 하면서 웃고 있었다.

주혁, 추노의 인기를 이끌어

호연+연출력, 역동적인 사극을 만들어내다

탄탄 스토리+완벽 영상미, 극찬 일색. 대박 사극 떴다!

요즘 다른 방송국에서는 추노를 절망의 벽이라고 불렀다. 도저히 어떻게 할 방법이 없다는 뜻이었다. 추노가 워낙 화제이다 보니 다른 드라마는 전혀 힘을 쓰지 못하고 있었다.

이제 40%를 목전에 두고 있어서 한국 드라마의 새로운 전설을 기대한다는 말들이 솔솔 나오고 있었다. 하지만 확실히 시청률의 상승 곡선은 완만해졌다. 하지만 PD는 자신감이 있었다. 앞으로 이야기가 더 흥미진진해지기 때문이었다.

그리고 지금부터 주혁의 진면목은 아직 나오지도 않았다. 주혁이 어디 액션만 잘하는 배우이던가. 주혁은 어디까지나 연기자다. 연기야말로 주혁의 장기라고 할 수 있다. 그러니 앞으로가 더 기대되는 거였다.

"PD님 혹시 중국 이야기 들어보셨어요?"

주혁은 싱글벙글 웃으면서 PD에게 다가와 이야기를 걸었다. 중국에 있는 팬클럽에서 연락이 왔다. 지금 중국에서 추노가 난리도 아니라면서. 주혁이 이야기를 해주자 PD는 조금 떨떠름한 표정이었다.

그날 바로 번역해서 인터넷으로 본다는 말을 듣고는 기분이 썩 좋지 않았던 것이다. 힘들게 만든 작품을 공짜로 본다는 기분이 들어서였다.

"그래? 뭐 중국은 어쩔 수 없지."

"그래도 인구가 워낙 많아서 본 사람은 일부예요. 정식으로 수입하겠다는 연락도 왔다면서요. 다 그런 거 알면서도 수입하는 거라고요."

"그런가? 하긴, 중국은 인구가 워낙 많으니까."

중국 팬들은 스타일리시한 액션 사극에 엄청난 반응을 보였다. 처음 보는 스타일의 액션. 그것도 기가 막힌 연출에 영상미가 환상적이었다. 매일 비슷한 장면이 나오는 무협 드라마만 보다가 추노를 보니 신세계가 열린 거였다.

"팬들이 반응을 보내줬는데요, 저는 이 말이 가장 좋더라고요."

주혁은 반응 중에서 하나를 보여주었다.

—최고라는 말이 이렇게 초라하게 느껴진 적은 처음이다.

정말 멋진 말이었다. 그리고 인상에 깊이 남았다. 하지만 이제부터가 시작이라는 느낌이었다. 아직 보여주지 못한 것이 많았다. 조금 더 자신의 능력을 폭발시킬 수 있는 그런 작품에 대한 갈망이 벌써부터 생겼다.

아마도 상자로부터 받은 에너지가 쌓여서 그런 것인지도 몰랐다. 지금이라면 정말 어떤 거라도 할 수 있을 거라는 생각이 들었다.

　　　　*　　　*　　　*

　어떤 배우가 최고인지에 대해서는 사람마다 의견이 다를 수 있다. 개인적인 취향이란 게 있는 거니까.

　그래도 보통 몇 명의 후보군으로 압축되기는 한다. 취향의 차이가 있을지언정 사람들이 보는 눈은 엇비슷하니까.

　강주혁이라는 배우는 작년까지만 하더라도 최고의 배우를 꼽는 데 자주 등장하지는 않았다. 추적자를 통해서 연기력은 검증을 받았지만, 아직 최고라고 말하기에는 조금 이르다는 평이 지배적이었다.

　하지만 이제는 최고의 배우를 이야기할 때 강주혁의 이름이 빠지지 않고 등장했다. 그리고 사람들은 그것을 아주 당연하게 여겼다. 그를 제외하고 최고의 배우를 이야기하는 건 이제는 어불성설이었다.

　왜 그렇지 않겠는가. 코믹부터 섬뜩한 악역까지 모두 소화가 가능한 연기파 배우, 선악이 공존하고 다양한 감정 표현이 가능한 얼굴, 명장이 조각을 한 것 같은 잘 다듬어진 몸, 엄청난 운동신경을 바탕으로 한 액션까지.

　게다가 일반인에게는 잘 알려져 있지 않지만, 작품을 해석하는 능력과 흥행하는 작품을 캐치하는 감각도 정상급이었다.

그래서 엄청난 시나리오가 밀려들어 왔다. 마치 주혁을 주인공으로 하기만 하면 성공할 수 있다는 듯이.

"허어, 이거 너무 많은데요?"

주혁은 정말 산더미처럼 쌓여 있는 시나리오를 보고는 질렸다는 듯 말했다.

"자네는 지금 하는 일에 집중해. 작품 고르는 건 김중택 대표가 조금 도와주기로 했으니까."

기재원 대표도 이런 감각이 뒤지는 건 아니었지만, 넥스트의 김중택 대표와는 비교하기 어려웠다. 김중택 대표는 부탁을 한 것도 아닌데, 먼저 나서서 돕겠다고 했다. 조언을 해주는 정도였지만, 주혁과의 인연을 생각하면 당연한 거라면서.

물론 그 작품을 자신의 배급사로 가져오겠다는 생각이 깔려 있는 것이기는 했지만, 어차피 가장 실력 있는 배급사로 정평이 나 있는 회사이니 기재원 대표도 마다할 이유가 없었다.

문제는 제의가 국내뿐 아니라 중국과 미국에서도 들어온다는 거였다. 특히 중국에서의 러브콜이 끊이지 않았다. 중국은 개런티도 국내보다 훨씬 높았고, 제시해 온 대우도 굉장히 파격적이었다.

일단 중국에서 제시한 출연료는 최하가 1,000만 위안이었다. 환율을 생각하면 16억 원 정도 되는 금액이다. 국내에서는 보통 5억 원 정도를 이야기하니까 거의 3배나 되는 금액이다.

하지만 주혁이 작품을 고르는 기준에 출연료는 들어 있지 않았다. 솔직한 이야기로 16억 원은 눈에 들어오지도 않는 돈이었다. 그냥 전화 한 통화면 그 돈의 100배가 되는 금액도 당장 싸들고 달려올 테니까.

"돈을 보고 가는 건 의미가 없잖아요. 제가 중국에서 온 건 대충 봤는데 눈에 들어오는 작품은 없더라고요."

기재원 대표도 중국 시장은 중요하게 생각하고 있었지만, 영화에 출연하는 건 조금 이르다는 생각이었다. 그리고 주혁이 출연할 만한 작품도 없었고. 그리고 할리우드에서 오는 제의도 탐탁지 않았다.

"할리우드 쪽은 어때?"

"거기는 더 심하던데요. 들어온 작품은 대부분 형편없더라고요. 그냥 반짝 스타 이용해서 돈이나 벌어보자는 의도가 보이는 작품들이에요."

주혁이 이번에 많이 알려지기는 했지만, 그래도 대중적인 인지도가 높다고는 보기 어려웠다. 그래서인지 메이저 급이라고 할 수 있는 작품은 오지 않고, 퀄리티가 떨어지는 작품들만 제의가 들어온 상태였다.

"일단 국내 작품부터 살펴보자고. 할리우드로 진출하는 게 자네 생각이라는 건 알고 있지만, 무리해서 들어갈 필요는 없으니까."

"아이고, 물론이죠. 저 그렇게 다급하게 생각하는 거 아니에요. 제대로 된 작품에 제대로 된 대접 받으면서 가야죠."

주혁의 목표는 세계 무대였지만, 할리우드 작품이라고 해서 저자세로 들어갈 이유는 전혀 없었다. 그리고 아직 국내에서 남우주연상을 받지도 못하지 않았다. 주혁은 이번에도 청룡영화상에서는 힘들지 않나 싶었다.

전우치로 흥행에는 성공했지만, 남우주연상은 다른 배우에게 돌아갈 확률이 높다고 생각되었다. 그리고 주혁도 그 배우라면 충분히 상을 받을 만하다고 생각했다. 촬영 기간 동안 병 진행 과정에 맞춰서 몸무게를 20킬로그램 이상 감량하면서 보여준 내면 연기는 정말 대단했다.

그에 반해서 전우치는 좋은 작품이긴 했지만, 자신의 연기력을 충분히 발휘했다고 보기는 어려웠다. 그래서 이번에는 정말 자신의 모든 것을 보여줄 수 있는 그런 작품을 원했다. 가능하면 연기와 액션을 모두 보여줄 수 있는 그런 영화를.

그리고 주혁이 이렇게 느긋하게 생각할 수 있는 배경에는 윌리엄 바사드가 있었다. 안 그래도 윌리엄 바사드가 주혁을 지원하기 위해서 만든 회사가 가동되기 시작했다는 연락을 얼마 전에 받았다.

아마도 회사가 제대로 움직이려면 시간이 좀 걸릴 것 같다고 했다. 늦어도 1년 안에는 준비가 될 것 같다고 하니 그 안에는 국내에서 활동하는 편이 더 좋다는 생각이었다.

지금이야 제아무리 아바타 덕분에 유명해졌다고는 하지만, 할리우드에서는 대부분 주혁을 인정하지 않았다. 개중에는 정말 관심을 갖는 사람도 있었지만, 대부분의 생각은 그저 주목해야 할 동양인 정도였다.

그런 사정은 시간이 지나도 나아지지 않을 것이다. 무시나 당하지 않으면 다행일 것이다. 그러니 제대로 된 루트를 통해서 제대로 할리우드에 데뷔할 계획을 세우고 있었다. 사람들에게 아직 알리지는 않았지만.

"그나저나 정말 40% 이상 가리라고는 생각지 못했는데 말이지."

"대표님 무슨 말씀이세요. 40%는 이제 당연히 넘고, 50% 이야기가 나오고 있는데요."

사람들의 관심은 추노의 시청률이 과연 어디까지 갈 수 있느냐는 거였다. 40%는 당연히 넘을 수 있다고 다들 생각했는데, 그렇다면 그 종착역은 어디일 것인가. 과연 50%를 넘길 수 있을 것이냐에 관심이 몰렸다.

의견은 분분했는데, 50%까지는 조금 어렵지 않으냐는 의견이 조금 더 많았다. 이미 젊은 층에서는 절대적인 지지를 받고 있는 추노였다. 하지만 국민 드라마가 되려면 나이가 좀 있는 연령층이 붙어주어야 가능하다.

추노는 그런 연령층에 어필하기는 조금 이야기가 복잡하다는 평이었다. 얽히고설킨 이야기라서 쉽지 않으리라는 예상이었고, 주혁도 비슷하게 생각했다. 다만, 앞으로 전개되는 건 앞부분과는 조금 다르니 가능성도 있다고 여겼다.

"그래도 가능성이 있을 것 같아. 내가 집에 가면 말이지……."

기재원 대표는 집에 가면 가족들이 드라마를 보고 있는데, 아내와 어머니도 추노를 보고 있더라는 거였다. 그래서 슬쩍 물어보았단다. 재미있느냐고.

"그랬더니 뭐라는 줄 알아? 좋다는 거야. 그래서 뭐가 좋으냐고 했더니 남자 배우들이 잘생기고 몸이 좋아서 보기 좋다는 거야."

기재원 대표는 껄껄대며 웃었다. 사실 이렇게까지 몸 좋은 배우들이 떼거리로 나오는 드라마가 처음인 것 같다는 생각이 들긴 했다. 남자들이 예쁘고 몸매 좋은 여자를 좋아하듯이, 여자들도 잘생기고 몸 좋은 남자를 좋아하는 거야 당연한 일 아니겠는가.

그래서 내용은 잘 이해가 가지 않는 부분이 있어도 볼만하다는 거였다. 그 말을 듣고는 주혁도 같이 웃었다.

"앞으로는 애절한 장면도 많이 나오고 하니까 여자분들도 공감이 많이 갈 거예요."

주혁은 여러 방면에 능통한 편이었지만, 자신 없는 것이 몇 가지 있었다. 그중 대표적인 것이 노래하고 글쓰기였다. 보거나 듣고 평하는 건 잘할 수 있는데, 직접 하는 건 젬병이었다.

그래서 추노를 쓴 작가가 정말 대단하다고 생각되었다. 어떻게 이런 인물들과 이야기를 그려낼 수 있는 것인지 존경스럽기까지 했다.

"아, 나는 어제 돌멩이 떨어뜨리는 그 장면이 아주 인상 깊더라고."

"역시……."

확실히 이쪽 업계에 종사하는 사람이라서 그런지 그 장면이 무엇을 의미하는지 캐치하는 게 빨랐다. 별것 아닌 것 같은 장면이지만 네 명의 인연과 앞으로의 이야기가 어떻게 흘러갈지를 암시하는 장면이었다.

혜원이 송태하에게 업혀 가다가 대길에게서 받은 돌을 떨어뜨리고, 바로 다음 장면에서 대길이 설화가 떨어뜨린 해금을 집어 들었다.

어떤 설명이 없어도 그 네 명의 남녀 사이의 이야기가 어떻게 되는지를 보여주는 장면이었다.

잘 모르는 사람들은 그냥 그런가 보다 하고 넘기겠지만, 벌써 그 의미를 알아챈 눈치 빠른 사람도 있었다.

"저는 이런 연출이 참 좋더라고요. 이렇게 장면 하나로 많은 걸 이야기하는 그런 거요."

"나도 추노 보면서 참 좋은 드라마구나 하는 생각을 많이 해. 대본이 정말 훌륭하고 배우들이 굉장해도, 연출이 꽝이면 정말 아니거든. 그런데 추노는 연출도 아주 좋아."

주혁은 그 말에 전적으로 동의했다. 정말 작품이란 소수의 힘으로 완성되는 게 아니라는 걸 다시 한 번 느끼고 있었다.

*　　　*　　　*

한현주는 완전히 자리를 잡았다. 초반 민폐 캐릭터에서 거듭난 것이다. 쫓는 자의 첫사랑이자 쫓기는 자의 마지막 사랑. 그녀는 그 역할을 아주 잘 소화했다.

"오빠, 저번에 고마웠어요."

"뭐가?"

"조언해 준 거요. 그대로 이야기했더니 회사에서도 바로 오케이하던데요?"

한현주는 생글생글 웃으면서 주혁과 대화를 나누었다. 요즘 정말 살맛이 났다. 인터넷에서 호평 일색이니 그럴밖에. 전에 네티즌들이 지적했던 장면, 노비인데 너무 예쁘다는 부분이 의도된 연출이란 게 밝혀지면서 오히려 호감 캐릭터로 거듭났다.

"회사에서도 좋아해요. 오히려 CF 이야기도 더 많이 들어온대요."

"잘됐네. 사실은 조금 걱정스럽긴 했거든."

둘은 두런두런 이야기를 나누고 있었는데, 이야기 도중에 이태영 이야기가 나왔다.

"이번에 영화 찍고 있는 거 마치고 할리우드 진출한다는 얘기가 있던데?"

"그래? 쉽지는 않을 텐데."

할리우드로 진출하기 싫은 배우가 어디 있겠는가. 하지만 동양인이 할리우드에 가서 성공한다는 건 결코 쉬운 일이 아니다. 그래서 주혁도 지금 차근차근 준비하고 있는 것 아니겠는가.

"그래도 우리나라 배우가 가서 잘되었으면 좋겠다."

"좋기는 한데 현실적으로 어려운 점이 많아. 일단 말부터 통해야 하고."

어학이 가장 큰 걸림돌 중 하나이다. 하지만 그것보다도 끌어줄 사람이 없다는 게 더 큰 문제였다. 할리우드에 진출해서 자리를 잡은 사람이 아무도 없으니 처음에 시작하는 사람은 더욱 힘겨운 것이다.

이태영과는 좋지 않은 인연이었지만, 할리우드에 진출한다면 잘되었으면 좋겠다는 생각이 들었다. 그래도 같은 나라 배우이니 응원을 하게 되었다.

"오빠도 진출할 생각 있지? 연락도 꽤 오지 않아요?"

"오기는 하는데, 아직은 아닌 것 같아. 내년이나 그 후에 한번 도전할 생각은 있지."

둘의 이야기는 한현주가 촬영 때문에 자리에서 일어서면서 끝났다.

주혁도 촬영이 곧 있어서 준비하면서 촬영 현장을 구경했다.

"컷."

감독은 웃으면서 컷을 외쳤다.

송태하 역의 오진허가 앉아 있는 현주에게 도포를 덮어주는 장면이었는데, 갑자기 현주의 웃음이 터져서 그런 거였다.

"야, 진짜."

오진허가 장난스럽게 웃으면서 타박을 했다.

현주도 웃었고, 촬영장에 가벼운 웃음이 맴돌았다. 그리고 이어지는 촬영.

하지만 이상하게도 자꾸 도포가 흘러내렸다. 덮어주면 도포가 가만히 있어야 연기가 이어질 텐데, 현주가 움직이지도 않는데 자꾸만 흘러내리니 오진허는 난처해했다.

그는 고개를 갸웃거리면서 투덜거렸다.

"아, 나 진짜. 왜 이게 잘 안 되지?"

그러자 현주가 아까 타박을 한 거에 복수라도 하듯 웃으면서 말을 툭 던졌다.

"벗겨만 봐서 그러는 거?"

일순간 촬영장이 웃음바다가 되었다. 오진허는 배를 잡고 바닥을 뒹굴었고, 사람들도 폭소를 터뜨렸다. 주혁도 웃음을 참지 못했다.

주혁은 이런 분위기가 너무 좋았다. 집중할 때는 무섭게 집중하지만, 서로 농담도 던지고 즐겁고 유쾌한 분위기. 그래서 작품에 더욱 집중할 수 있는 것 같았다.

집중을 잘하는 사람은 쉴 때 잘 쉬는 사람이다. 계속해서 집중력을 유지할 수 있는 사람은 아무도 없다. 긴장을 풀어줄 때는 확 풀어주어야 그래야 다시 집중하기 좋은 것이다. 그리고 가장 좋은 휴식은 역시나 웃음이다.

그래서 이 촬영장이 좋았다.

사실 밤샘 촬영도 즐비한 것이 현장이다. 얼마나 힘들고 고된 일인가.

그런데 추노의 촬영장에는 항상 웃음이 있었다. 모든 사람이 즐겁게 일했다. 그래서 작품이 더 잘 나오고 있는지도 모르는 일이었다.

"노력하는 사람도 즐기는 사람은 이길 수 없다고 했던가?"

주혁은 이런 분위기라면 50%도 불가능한 건 아니라고 생각되었다.

CHAPTER **45**
크리스마스 선물

추노의 시청률은 40% 언저리에서 답보 상태를 보였다. 사실 40%만 해도 대단한 시청률이긴 했지만, 계속 치고 올라갈 것 같던 상승세가 한풀 꺾인 건 분명했다. 하지만 무려 40%다. 드라마를 오래 한 사람들도 구경조차 못 한 경우가 대부분이다.

그래서 추노에 관계된 모든 사람은 희희낙락하고 있었다.

이지언도 그런 사람 중 하나였다. 이전에도 배우라는 생각은 하고 있었지만, 정말 이 작품을 하면서 확실하게 깨달을 수 있었다. 내가 이제 드디어 진정한 배우가 되었구나 하고.

그만큼 많은 것을 깨달을 수 있었던 작품이었다. 대본을 통해서, 그리고 동료와 선배 배우들을 통해서. 정말 다른 배우의 연기를 구경하고 있으면 미치도록 즐거웠다. 이렇게 훌륭한 배우들과 함께할 수 있다는 것 자체가 너무나도 가슴 뛰는 일이었다.

그리고 자신도 절대로 뒤지지 않겠다면서 주혁을 졸라서 연기와 액션 연습을 했다. 그 덕에 확실히 한 단계 올라섰다는 걸 알 수 있었다. 방송을 보면 전에 했던 작품의 연기가 어설프게 느껴질 정도였으니까.

그리고 자신이 이렇게 된 것은 주혁이 있었기 때문이었다. 그가 없었다면 지금의 자신은 없었을 것이다. 주혁은 인생의 선배이자 스승이었다.

그래서 오늘도 이지언은 촬영장에서 주혁을 찾았다.

그런데 주혁이 무언가 이상했다.

"형, 무슨 일 있어요?"

이지언이 주혁에게 다가와서는 물었다. 평소답지 않게 표정이 어두웠기 때문이었다. 자기 생각으로는 이런 표정을 보는 건 처음인 듯했다. 심각하고 집중하는 표정은 보았지만, 이렇게 어두운 얼굴은 보질 못했다.

"그냥. 좀 기분이 그래서."

이지언은 주혁의 옆에 앉아서 이야기를 나누었다. 원래 그러지 않던 사람이 이렇게 어두운 얼굴을 하고 있을 때는 굉장히 심각한 일이 있는 거였다. 그래서 이지언은 무슨 일인지 말해보라고 이야기했다.

"형, 말해봐요. 나도 고민 있으면 형한테 얘기하잖아."

"사실은……."

주혁은 며칠 전 편지를 받았다. 대부분 메일을 보내기는 하지만, 팬들한테서 오는 편지도 제법 되었으니 편지가 왔다는 게 특별한 일은 아니었다.

하지만 이번에 온 사연은 아주 특별한 사연이었다.

"백혈병에 걸린 아이요?"

"그래, 이제 일곱 살인데 꿈이 배우래."

편지를 보니 삐뚤빼뚤한 글씨로 적혀 있었는데, 그 아이는 과속 스캔들을 보고 주혁의 팬이 되었다고 했다. 그리고 만약 어른이 될 수 있다면, 주혁처럼 훌륭한 배우가 되고 싶다고 했다. 그리고 요즘은 추노를 아주 재미있게 보고 있다고 적었다.

만약 어른이 될 수 있다면. 이 얼마나 슬픈 이야기인가. 이제 일곱 살짜리 아이가 그런 말을 했다는 게 너무나도 가슴 아팠다. 그래서 어떻게든 이 아이에게 희망을 주고 싶었다.

주혁이 알아보니 치료 중이긴 한데 완치는 장담할 수는 없는 상황이라고 했다. 최근에 백혈병의 완치율이 높아지고는 있지만, 확신할 수는 없는 병이었으니까. 그 아이 생각을 하다 보니 표정이 어두운 거였다.

"애도 애지만, 부모 입장에서는 어떻겠어. 가족을 잃는다는 건 정말, 하아……."

특히나 가족 문제에는 민감한 주혁이 아니던가. 시간을 내서 찾아갈 생각이었는데, 뭔가 더 좋은 선물이 없을까 고민하고 있었다. 그리고 이제 곧 크리스마스이다. 그러니 무언가 특별한 선물을 해주었으면 좋겠다는 생각이었다.

주혁은 핸드폰으로 찍은 편지를 보여주었다. 이지언은 가만히 편지를 보더니 울컥했는지 눈가가 촉촉해졌다. 그리고 적극적으로 의견을 내기 시작했다.

"좋아하는 배우가 누구냐고 물어서 같이 가면 어떨까요?"

"다른 배우들하고 같이? 음, 그것도 괜찮네."

주혁과 이지언은 머리를 맞대고 궁리했다.

그리고 조금 있다가 왕손이와 한현주가 와서 이야기를 듣고는 머리를 짜내는 데 동참했고, 배우들이 모여서 무언가를 하고 있자 PD가 왔다가 이야기를 듣게 되었다. 그래서 촬영장에 있는 스태프까지 모두 그 사실을 알게 되었다.

"에구구. 아직 학교도 못 갔는데 딱하기도 하지……."

"그러게 말이야. 그런 병은 왜 생기는 건지, 원……."

스태프 중에는 그 연령대의 아이가 있는 사람도 있었다. 그

어린애가 힘든 치료를 받고 있다는 이야기에 사람들은 다들 안타까워했다. 그러다가 스태프 중 한 명이 아이디어를 이야기했다.

"촬영장에 초대를 하면 어떨까요?"

"촬영장에?"

다들 그거 좋겠다는 표정이었다. 배우가 꿈이라는 아이이니 촬영장에서 실제로 드라마를 찍는 걸 보는 것이야말로 가장 큰 선물이 아니겠는가.

"그런데 날씨가 추워서 괜찮을까? 공연히 건강에 문제라도 생기면 초대를 안 하느니만 못한 거잖아."

"그것도 그러네요. 아이 건강이 가장 우선이니까…….."

그래도 주혁은 어떻게든 방법을 찾아보고 싶었다. 아이가 촬영장에서 실제로 드라마를 찍는 걸 보면서 기뻐할 생각을 하니 도저히 가만히 있을 수가 없었다.

"방법을 찾아보죠. 올 수만 있다면 그 아이가 정말 좋아할 것 같아요."

다들 같은 생각이었다. 아이의 편지를 보고 나니 어떻게든 아이에게 희망을 주고 싶다는 생각이 들었던 거였다. 주혁은 병원에 전화를 걸어서 직접 알아보았다. 담당 의사와 통화를 했는데, 직접 만나서 이야기하는 게 좋겠다는 말을 해왔다.

일단은 오늘 촬영할 것이 있어서 나중에 다시 통화하기로 하고는 촬영을 진행하고 있었다. 그런데 촬영이 한창 진행되고 있는데, 누군가가 주혁을 찾아왔다. 그는 자신을 아이의 담당 의사라고 소개했다.

"아니, 바쁘실 텐데……."

"원래 오늘 오전까지 근무이고 오후에는 다른 일이 있었습니다. 사정을 이야기하고 뒤로 미뤘지요."

담당 의사는 40대 초반으로 보이는 남자였는데, 키도 훤칠하고 남자답게 생긴 호남이었다. 그는 주혁과 이야기를 나누었고, 그 자리에 PD도 함께했다.

"아주 심각한 상태는 아닙니다. 조심은 해야겠지만, 외출하는 건 가능합니다."

"그래요? 정말 다행이네요."

주혁의 표정이 활짝 피었다. 하지만 의사는 날씨가 추워서 밖에서 구경하는 건 어려울 것 같다고 했다.

"그럼 병원에서 여기까지 오는 건 문제가 없는 건가요?"

"그건 가능합니다. 뭐, 신경을 좀 써야 하기는 하겠지만요."

의사는 무척 적극적이었다. 촬영장을 살피면서 여러 의견을 이야기했다.

"저도 그 또래 아이가 있거든요. 아들이 나이가 같아요. 여자애는 한 살 위고요."

의사는 정말 남 일 같지 않다고 했다. 그리고 다른 것보다 아이가 너무 힘들어했고, 삶에 대한 의욕이 없어서 안타까웠단다. 그런데 몇 달 전부터 아이가 바뀌어서 놀랐는데, 그게 배우가 될 거라는 꿈이 생기면서 그리된 거라고 했다.

"환자가 살려고 하는 의지가 강할수록 치료에도 도움이 되거든요. 그래서 인수가 여기 와서 구경할 수 있으면 좋겠네요."

PD도 적극적으로 나섰다. 할 수 있는 거는 뭐든 하겠다면서. 그리고 아이디어를 짜냈다. 아이를 초대하는 건 이틀 뒤인 24일, 크리스마스이브에 초대하기로 했다.

"24일이면 11회 촬영이니까 과거에 세 사람이 만나는 장면이네."

"애가 보기에도 무리가 없는 장면이네요."

24일에는 대길과 최 장군, 왕손이가 처음 만나는 과거 장면을 촬영하기로 되어 있었다. 적당한 액션도 있고, 조금 코믹한 장면도 있으니 아이가 보기에도 좋으리라 생각되었다.

"가만, 부모님 허락을 먼저 받아야 하는 건데."

"그건 걱정하지 않아도 됩니다. 제가 오기 전에 부모님하고 이야기를 하고 왔으니까요. 인수 부모님이 오히려 제발 부탁한다고 하시던데요."

아이가 배우의 꿈을 갖고는 얼마나 밝아졌는지 눈으로 보았다. 그러니 건강에만 문제가 없다면 오히려 절이라도 하면서 매달릴 판이었다.

"이렇게 하면 어떨까요?"

의사는 인수라는 아이가 와서는 방 안에서 구경하면 어떻겠냐고 말했다.

"방 안을 좀 따뜻하게 할 수 있으면 괜찮을 것 같은데요. 미리 좀 청소하고 소독도 해놓고 그러면 되겠네요."

PD는 이런저런 생각을 해보더니 고개를 주억거렸다. 방법이야 많았으니까.

"시간이 이틀이나 있으니 준비는 가능하겠어요."

주혁도 곰곰이 생각해 보았다. 그날 촬영할 내용은 이미 머릿속에 들어 있었다. 밖으로 나오지 못한다면 일부 장면은 볼 수 없을 것이다. 하지만 그 정도는 감수해야 할 터. 그 시간에는 다른 배우들이 아이와 같이 있어주면 되리라 생각했다.

'현주나 다른 배우들이 있어주면 될 것이고.'

자신도 시간이 되는 대로 같이 이야기도 하고 같이 있어주어야겠다고 생각했다.

"방은 두 개 준비하면 될 것 같은데요."

"두 개?"

"예, 그날 촬영하는 게 말이죠……."

주혁은 땅바닥에 그림을 그렸다. 눈이 소복하게 와 있던 터라 그림을 그리기 좋았다.

"여기하고 여기서 찍는 장면은 이 방에서 보면 되고요."

"그러면 되겠네. 앞문하고 뒷문으로 보면 되겠어."

"예, 그리고 싸우는 장면은 여기서 보면 될 것 같아요."

주혁의 말대로 방을 두 개 준비하면 촬영하는 장면을 대부분 볼 수 있을 듯했다. PD는 만족스러운 표정으로 고개를 끄덕이다가 순간 소름이 쫙 돋았다. 강주혁이 이틀 뒤에 있는 촬영 내용을 공중에서 바라보듯 설명했기 때문이었다.

물론 다른 배우들도 앞으로 어떤 촬영이 있을지 알고 있다. 미리 콘티가 나가니까 어디서 어떤 촬영이 있는지는 알 것이다. 하지만 주혁처럼 완벽하게 꿰뚫고 있는 사람이 있을까 싶었다.

자신도 자세히 생각하면 떠올릴 수는 있다. 하지만 주혁은 잠시 생각하더니 어떤 방에서 보면 되겠다는 걸 알아내고 이야기했다. 그건 모든 촬영 장소와 배우들의 동선을 세세하게 알고 있다는 거였다.

'아니지. 알고 있는 정도가 아니라, 전부 달달 외우고 있는 거야. 머리가 좋아서 그런 건가?'

PD는 물론 머리도 좋아서 그런 것도 있지만, 그만큼 노력해서 그런 것으로 생각했다.

그가 보기에 주혁은 집중력이 대단했다. 쉴 때는 즐겁게 웃고 이야기하면서 있지만, 무언가를 할 때는 무섭게 몰두했다.

정말 옆에서 벼락이 떨어져도 모를 정도로 깊이 빠져들었다. 그리고 항상 무언가를 하고 있었다. 촬영은 일반인들이 상상하는 것보다 훨씬 힘들고 고되다. 틈만 나면 잠을 청하는 사람들이 대부분이다.

하지만 주혁은 조금 달랐다. 적어도 촬영장에 있는 동안에는 졸거나 잠을 자는 경우를 거의 보지 못했다. 다른 사람들은 다 쉬거나 자고 있을 때도 무언가를 하거나 보고 있었다.

'하기야 그러니까 지금처럼 될 수 있었겠지. 남들하고 똑같이 하면서 특별한 사람이 될 수는 없는 거니까.'

PD는 다른 것보다 주혁의 체력이 부러웠다. 지금까지 자신이 본 사람 중에서, 연예계에 관련된 사람만이 아니라 모든 사람 중에서 체력과 스태미나가 가장 좋았다. 지쳐서 골골대는 모습을 한 번도 본 적이 없는 것 같았다.

"저도 시간 나는 대로 돕겠습니다."

담당 의사도 돕겠다고 팔을 걷어붙이고 나섰다.

주혁은 쉬는 시간에 회사로 전화를 걸어서 기재원 대표와 상의했다. 오늘 있었던 일을 설명하자 기재원 대표도 굉장히 즐거워했다.

─그래? 좋은 일이지. 뭐 도와줄 거는 없고?

"일단 이번에 제 출연료를 모두 내놓을까 하는데요."

―출연료를 모두?

"예, 인수 치료비하고 소아백혈병 환자들을 위해서 사용할 수 있게 좀 알아봐 주세요."

주혁의 출연료는 4억 원이다. 기본 출연료가 회당 1,500만 원에다가 4천만 원의 옵션이 붙어서 그런 거였다. 솔직하게 말하면 이 금액보다 훨씬 더 받을 수도 있다. 하지만 주혁은 항상 적정한 금액이라고 생각되는 정도만 받았다.

대신 옵션을 걸었다. 작품이 잘되면 잘될수록 받는 금액이 많아지도록. 제작하는 입장에서야 쌍수를 들고 환영할 일 아니겠는가.

―알겠네. 내가 알아서 처리하지.

"예, 부탁 좀 드릴게요."

주혁은 통화를 마치고 다시 촬영에 들어갔고, 사람들은 모두 아주 특별한 손님을 맞을 준비를 부산하게 했다. 촬영과는 별도로 작업해야 해서 분명히 번거로운 일이었지만, 사람들은 오히려 촬영할 때보다도 더 기운차게 일했다.

주혁의 핸드폰에 있는 삐뚤빼뚤한 글씨가 있는 편지를 보고서 다들 가슴이 먹먹했던 거였다. 특히나 '만약에 어른이 될 수 있다면' 이란 부분을 보고는 다들 눈시울이 뜨거워졌다. 그래서 즐거웠다. 몸이야 조금 피곤할 수도 있지만, 마음만은 흥겹고 신이 났다.

그리고 담당 의사도 세심하게 주의 사항에 대해서 일러주었고, 신경을 많이 써주었다. 그렇게 아주 특별한 크리스마스 이브를 맞이할 준비가 착착 진행되었다.

*　　　*　　　*

"엄마, 저녁까지 있어야 하는 건 아니지?"

"그럼. 해 떨어지기 전에 올 거야."

마인수는 안심하면서 활짝 웃었다. 엄마가 오늘 검사를 받으러 다녀와야 할 곳이 있다고 했을 때, 시간이 오래 걸리면 어떻게 하나 걱정이 되었던 것이다. 검사나 치료 중에는 시간을 많이 잡아먹는 것도 있었으니까.

"다행이다. 오늘 추노 못 볼까 봐 걱정했는데……."

인수는 옷을 입고 준비된 차에 올랐다. 담당 의사와 어머니가 묘한 눈짓을 주고받았지만, 어린 인수는 무슨 일이 벌어지고 있는지 전혀 알지 못했다. 그저 저번처럼 다른 곳에 가서 검사를 받는구나 하는 생각뿐이었다.

그리고 빨리 돌아와서 TV를 보고 싶은 생각이 머릿속을 가득 채우고 있었다. 오늘 내용이 너무 궁금해서였다. TV를 보고 있으면 모든 걸 잊을 수 있었다. 자신이 지금 아프다는 사실까지도. 그래서 더욱 드라마나 영화에 빠져드는 걸지도 몰랐다.

인수는 특히 싸우는 장면이 좋았다.

"어디 불편한 데는 없니?"

"네, 그런데 오늘은 어디 가요?"

"응, 인수한테 도움이 되는 데 갈 거야. 가보면 인수도 아주 좋아할걸?"

의사의 말에 인수는 입을 삐쭉 내밀었다. 항상 그런 식으로 말은 하지만 가보면 늘 실망했다. 병원에 가는 게 뭐 그리 좋아할 일이겠는가. 하지만 이제는 그런 것도 익숙했다. 이런 적이 한두 번 있었던 것도 아니었으니까.

그래도 오랜만에 바깥 구경을 하니 기분은 좋았다. 매일 방 안에만 있다가 탁 트인 풍경을 구경하니 가슴이 시원해지는 기분이었다.

하지만 구경을 하는 것도 잠시, 인수는 곧 잠이 들었다. 체력이 그리 좋지 못해서였다.

인수는 잠을 자면서 추노에 출연하는 꿈을 꾸었다. 자신이 좋아하는 주혁이 어서 따라오라고 말했고, TV에서 본 배우들이 모두 자신에게 알은척을 했다. 그리고 카메라가 자신을 따라다니면서 촬영했다.

정말 배우가 된 것 같아서 신나게 뛰어다녔다. 아무리 뛰어다녀도 지치지도 않았고, 자기가 좋아하는 배우들과 같이해서 너무나도 즐거웠다. 그래서 자는 인수의 얼굴에 미소가 그려졌고, 자기도 모르게 몸을 꿈틀거렸다.

"인수가 좋은 꿈을 꾸나 보네요."

"그러게요. 늘 이렇게 웃으면 좋겠는데……."

인수의 엄마는 서글프게 웃으면서 인수의 뺨을 쓰다듬었다. 그래도 최근에는 부쩍 밝아져서 참 다행이라는 생각이 들었다. 그리고 오늘 깜짝 선물을 받고 인수가 더 기운을 내주었으면 하고 기원했다.

그리고 드디어 촬영장에 도착했다. 아직까지도 인수는 잠이 들어 있었다. 차가 도착하자 준비하고 있던 사람들이 다가왔다. PD와 주혁은 아이의 엄마와 인사를 나누었다. 그때까지도 인수는 아직 꿈을 꾸고 있었다.

"인수야, 인수야."

인수는 자신을 부르는 소리에 눈을 떴다. 아직 잠에서 덜 깨서 눈을 게슴츠레하게 뜬 상태였는데, 눈앞에 추노의 배우들이 보였다. 인수는 자신이 아직 꿈을 꾸고 있는 것인가 싶었다. 주혁이나 다른 배우들이 자신의 앞에 있을 이유가 없었으니까.

"인수야, 안녕? 추노 촬영장에 온 걸 환영해."

주혁은 손을 내밀었다.

그러자 인수의 표정이 조금씩 변했다. 눈을 껌뻑껌뻑하더니 고개를 둘러 주변을 살폈다. 그리고 깜짝 놀란 표정이 되었다.

"어?"

너무 놀라서인지 인수는 아무런 말도 하지 못했다. 그냥 눈을 크게 뜨고 입을 벌린 채 주혁을 손가락으로 가리키고 있었다. 그렇게 석상처럼 굳어 있었다.

"뭐해? 어서 가자. 촬영하는 거 구경해야지."

주혁은 인수의 자그마한 손을 잡았다. 아이의 손이라고 해도 너무 가늘고 야윈 손이었다. 인수는 아직도 어리둥절한 표정으로 차에서 내렸는데, 사람들의 눈에 처음 들어온 것은 유난히 창백한 아이의 얼굴이었다.

주혁은 계속해서 인수에게 말을 붙이면서 준비한 방으로 안내했다. 차가운 겨울 날씨에 밖에 오래 있어서 좋을 것이 없으니 서둘러 움직였다.

방까지는 그리 멀지 않았는데, 가는 사이에 인수의 표정이 확 바뀌었다.

자신이 좋아하는 스타와 손을 잡고 이야기를 하면서 걷고 있으니 어찌 즐겁지 않겠는가. 이야기를 나누는 사이에 방에 도착했다.

방문을 열자 훈훈한 기운이 느껴졌다. 원래는 난방이 되지 않는데, 특별히 준비해 놓았기 때문이었다.

"여기서 문을 조금 열고 구경하면 돼. 바로 앞에서 촬영할 거거든."

인수는 촬영 장비나 배우들이 신기한 듯 연신 고개를 돌리면서 여기저기 쳐다보았다. 하기야 언제 이런 걸 보았겠는가. 대부분을 병실에서 보내야 하는 처지인데.

"이 앞에서 정말 촬영을 한다고요?"

인수는 눈을 동그랗게 뜨고는 물었다. 주혁은 고개를 끄덕이면서 인수의 머리를 쓰다듬어 주었다.

"그럼. 지금 찍는 건 11회라서 내년에나 방송될 거야. 너는 그걸 미리 보는 거고."

"우와, 오늘 하는 게 8회인데. 정말 신기해요."

인수는 들뜬 목소리로 이야기했다. 주혁은 촬영을 해야 해서 인사를 하고는 밖으로 나왔고, 현주와 몇몇 여배우가 들어왔다.

"우와, 혜원… 어! 주모 아줌마……."

아이는 들어온 사람들의 배역을 모두 알고 있어서 여배우들을 기쁘게 했다. 이런 꼬마가 그런 걸 줄줄 꿰차고 있으니 신기하게 보였다.

밖에서는 사람들이 다른 때보다도 더 집중하고 있었다.

"오늘 날도 날이고, 특별한 손님도 있고 하니까 잘들 하자고."

"예, 오늘은 집중해서 빨리 좀 마치죠. 애도 빨리 가야 되고, 다들 집에 일찍 가야 되는 날 아닙니까."

사실 낮 촬영이니 더 찍고 싶어도 할 수 없다. 낮 장면은 해가 떠 있는 동안만 찍을 수 있었으니까. 배우나 스태프나 한껏 집중했다. 어린 열혈 시청자 앞에서 멋진 모습을 보여주고 싶었으니까.

"액션."

감독의 소리에 배우들이 움직이기 시작했다. 그리고 문틈으로 그 광경을 지켜보고 있던 인수는 저절로 침을 삼켰다. 태어나서 처음 보는 드라마 촬영 장면이었으니까.

*   *   *

"이야, 역시 주혁이 형이 최고."

인수는 흥분해서 연신 침을 튀겨가며 말을 했다. 아이는 원래 액션을 좋아했다. 남자아이들이야 다들 그러지 않는가. 그런데 오늘은 액션 장면이 많아서 인수는 한껏 들떠 있었다.

"인수는 언제부터 주혁이 형 팬이 된 거니?"

"과속 스캔들 보고요."

인수는 딸로 나온 소영을 구하러 가는 장면에서 너무 멋졌다고 이야기했다.

그래서 그때부터 팬이 되었다고 말했다.

"그리고 전우치에서도 끝내줬어요."

"그렇지 전우치에서도… 어? 전우치는 니가 못 볼 텐데?"

현주는 고개를 끄덕이다가 문득 전우치는 12세 이상 관람 가라는 게 떠올랐다. 그리고 대답을 한 인수도 아차 하면서 슬그머니 다른 사람들의 눈치를 보았다. 그러자 아이 어머니가 나서서 사정 이야기를 했다.

"사실은 그러면 안 되는 줄 아는데, 다운받아서 보여줬어요. 애가 너무 보고 싶어 해서요. 죄송합니다."

아이 어머니는 애가 너무나 보고 싶어 하기에 어찌어찌 영상을 구했다고 했다.

"애 아빠가 중국에서 돌아다니는 캠 버전을 어떻게 구했더라고요."

아이와 그 엄마는 무척 난처한 표정이었다. 사실 그런 영상을 구해서 보는 게 떳떳한 일은 아니었으니까. 하지만 사람들은 사정을 이해했다. 그리고 그 이야기를 들은 주혁도 비슷한 반응을 보였다.

"원래는 안 되는 거다. 알고 있지?"

주혁은 웃으면서 인수의 머리를 쓱쓱 쓰다듬었다.

"앞으로는 그러면 안 되는 거야. 남자라면 보고 싶어도 참을 줄 알아야지."

"네, 앞으로는 참았다가 나중에 볼게요."

인수는 밝게 웃으면서 대답했다. 녀석은 주혁과 같이 있는 게 마냥 신이 나는 모양이었다.

"촬영하는 거 구경하니까 어때?"

"멋있어요. 눈이 와 있는 데서 하니까 더 멋있는 것 같아요."

아이의 말처럼 눈이 소복하게 쌓여서 그림이 아주 좋았다. 움직일 때마다 눈이 허공으로 비산하니 액션이 훨씬 힘차게 보였던 것이다. 그리고 그렇게 날린 눈이 영상을 보기 좋게 만들기도 했고.

사실 이런 건 어느 정도는 운이었다. 일정은 미리 잡혀 있었으니 만약 눈이 오지 않았다면 그냥 흙바닥에서 이 장면을 찍었을 테니까. 세트장 전체에 인공 눈을 뿌리고 찍을 수는 있지만, 원래 눈이 꼭 있어야 하는 장면은 아니었다.

"인수가 복덩어리인가 보다. 원래는 눈이 오지 않았으면 이렇게 멋진 장면이 나오지 않았을 거거든."

주혁은 자신이 생각해도 눈이 와서 훨씬 좋은 장면이 나왔다. 만약 눈이 오지 않았다면, 오늘 찍은 장면보다는 훨씬 밋밋하지 않았을까 싶었다.

같은 발차기를 해도 상대가 막았을 때 눈발이 허공에 쫙 뿌려진다. 주먹이 오갈 때도 사방으로 눈이 흩날린다. 이건 그

냥 흙바닥에서 하는 액션과는 비교도 할 수 없을 정도로 기가
막힌 그림이 나오는 것이다.

다만 문제는 눈 때문에 연기를 하는 배우들이 좀 고생을 한
다는 거였다. 한 번 눈에서 뒹굴고 나면 전부 젖게 되니까. 하
지만 모두들 고생하는 것보다는 장면이 잘 나오는 것에 만족
해했다.

"인수야, 배우가 되고 싶다고 했지?"

"네, 꼭 배우가 될 거예요."

"그래, 나중에 이 형하고 같이 연기도 하고 그래야지?"

주혁은 인수의 가슴에 작은 씨앗을 심었다. 인수가 그 씨앗
을 싹 틔우고 꽃을 피울지는 아직은 모른다. 하지만 마인수라
는 아이의 황량했던 마음에 변화가 생겼다는 건 확실했다. 뭐
든지 처음이 어려운 법이다. 제로의 상태를 깨고 1이라는 상
태로 가는 것이 어려운 것이다. 주혁은 아이에게 그 역할을
했다.

"인수야, 너는 누가 제일 좋아?"

"주혁이 형이요."

인수의 대답에 주혁은 녀석이라고 내뱉으면서 집게손가락
을 흔들었다.

"세상에서 가족보다 중요한 건 없는 거야. 그러니까 부모
님 말씀 잘 들어야 한다. 알았지?"

"네, 말도 잘 듣고 빨리 건강해질 거예요. 그래서 나중에 꼭 형이랑 같이 영화 찍을 거예요."

"그래, 기다리고 있을 테니까, 배우가 돼서 찾아와."

주혁은 주먹을 보이면서 파이팅을 외쳤고, 인수도 따라했다. 인수는 같이 식사도 하고 사람들과 즐거운 시간을 보냈다. 아마도 지금의 기억은 평생 잊지 못할 크리스마스 선물일 것이다.

주혁은 나중에 인수가 이 경험을 자랑스럽게 이야기할 수 있었으면 좋겠다고 생각했다. 나중에 정말 배우가 돼서 찾아오는 것도 좋고, 배우가 되지는 못하더라도 자신의 아이들을 무릎에 앉혀놓고 이야기를 해준다면 좋겠다고.

"주혁 씨, 정말 감사해요."

아이의 어머니가 살짝 눈시울이 붉어지면서 인사를 했다.

"뭘요, 저보다도 다른 분들이 많이 도와주셨죠."

촬영장에 있는 모든 사람이 오늘은 아이를 위해서 더 신경을 썼으니 틀린 말도 아니었다. 아이의 어머니는 오늘 일은 아이도 자신도 절대로 잊지 못할 거라고 말하면서, 이 은혜를 어떻게 갚아야 할지 모르겠다고 했다.

"나중에 인수 결혼식 때 불러주세요. 그거면 저는 족합니다."

주혁의 말에 아이 엄마는 말을 하지 못했다. 잠시 감정을 추스르던 그녀는 고개를 들고는 대답했다.

"네, 꼭 초대할게요."

"가만있어 보자. 적어도 20년 이상은 있어야 할 테니까 잘하면 주례를 볼 수도 있겠는데요?"

주혁의 농담에 아이 엄마도 같이 웃었다.

인수는 모두의 환송을 받으면서 다시 병원으로 돌아갔다. 주혁은 촬영을 마치고 집으로 돌아오면서 먼 미래에 자신이 인수의 주례를 서는 상상을 해보았다.

'요즘은 보통 서른 넘어서 결혼을 하니까 한 25년 정도 뒤? 그때면 머리도 희끗희끗하겠네.'

그때쯤이면 자신은 무얼 하고 있을까 떠올려 보았다. 세계적인 스타가 되어서 부와 명예를 거머쥐고 있을까? 결혼을 했을까? 결혼을 했으면 아이는? 꼬리에 꼬리를 물고 생각이 떠올랐다.

'외국 여자하고 결혼하는 건 아니겠지?'

주혁은 이런저런 생각을 하면서 집으로 돌아왔다. 집으로 돌아온 주혁을 맞아주는 건 커다란 덩치의 미래였다. 미래는 컹컹대면서 주혁을 향해서 몽둥이만 한 꼬리를 흔들었다.

주혁은 오늘따라 외롭다는 생각이 들었다. 한동안 잊고 있었는데, 인수를 보고 나니 가족에 대한 생각이 다시 떠올랐다. 시간이 지나도 쉽게 채워지지 않는 빈자리. 그 자리가 언제 메꿔질지는 알 수 없는 일이었다. 아무리 성공해도 그 마음은 채워지지 않을지도 몰랐다.

주혁은 잠자리에 들기 전에 기재원 대표가 괜찮다고 이야기한 시나리오를 꺼내 들었다. 받기는 며칠 전에 받았는데, 바빠서 아직 읽지 못한 상태였다. 첫 장에 제목이 큰 글씨로 적혀 있었다.

"아저씨? 나한테 오는 시나리오는 제목이 다들 왜 이래? 밤의 열기 속으로도 그렇고, 과속 삼대도 그렇고. 이제는 아저씨라니."

*　　　*　　　*

주혁은 처음에는 누워서 시나리오를 읽기 시작했다. 괴물 같은 체력과 스태미나를 가지고 있다고는 하지만, 어디까지나 주혁도 인간이다. 피곤하고 지치는 게 당연한 일이다. 더구나 집에 돌아와서 따뜻한 물에 샤워까지 하니 아주 노곤했다.

그래서 자리에 누운 채 편안한 자세로 종이를 넘기기 시작했다.

그런데 페이지를 몇 장 넘기다가 주혁은 자리에서 일어났

다. 갑자기 찬물을 끼얹은 것처럼 정신이 번쩍 들었던 것이
다.

"이거 그냥 대충 볼 시나리오가 아닌데?"

주혁은 책상으로 가서는 자세를 바로 하고 다시 시나리오
를 읽기 시작했다.

시나리오는 굉장히 흡입력이 있었다. 보고 있으니 다음 장
면이 궁금했고, 글자에서 눈을 뗄 수가 없었다.

주혁은 읽으면서 점점 가슴이 방망이질 치는 걸 느꼈다. 그
리고 이 작품의 주인공은 자신이라는 생각이 강하게 들었다.
아주 매력적인 캐릭터였고, 자신에게 더할 나위 없이 잘 맞는
배역이라는 생각이 들었다.

지금 하고 있는 대길이라는 캐릭터도 굉장히 매력적이었
다. 그건 누구도 부인하지 못할 것이다.

하지만 이 작품의 주인공은 더 강렬했다. 마치 자신을 위해
서 만들어진 시나리오라는 생각마저 들었다.

"이거 굉장한데?"

읽으면 읽을수록 주혁은 저절로 시나리오 안으로 빨려 들
어가는 듯한 느낌을 받았다.

주혁은 대본이나 시나리오를 읽으면 머릿속에 자연스럽게
영상이 보였다. 하지만 아주 흐릿하게 보이는 경우가 대부분
이었다. 장소나 배역이 누구인지 모르는 경우가 대부분이니

까. 그래서 얼추 어떤 느낌인지만 그려졌다.

대본이나 시나리오가 좋으면 좋을수록 영상도 잘 보이고, 중간에 끊어지지 않고 자연스럽게 흘러갔다. 그리고 다른 부분은 흐릿하지만, 자신이 맡은 배역은 비교적 선명하게 보였다. 자신의 모습을 한 사람이 그 역할을 하는 거였으니까.

지금까지 자신의 모습이 가장 선명하게 보였던 작품은 추적자였다. 추적자에서 자신이 맡은 역할은 시나리오를 보면서도 상당히 선명하게 보였다. 그래서 주저하지 않고 그 배역을 선택했던 거였다.

그런데 그렇게 선명했던 추적자도 이 작품에 비하면 흑백영상이나 마찬가지였다.

이 작품은 자신의 모습이 아주 뚜렷하게 보였다. 주변 배경이나 다른 배우들은 아주 흐릿하게 보였지만, 유독 자신의 모습만은 땀구멍 하나까지 보일 정도로 또렷하게 보였다.

"그만큼 나한테 어울리는 역이라는 말이지. 생각할 것도 없네."

주혁은 고민조차 하지 않았다. 이 작품은 자신에게는 운명이나 마찬가지였다. 이 작품을 하지 않는다는 건 있을 수 없는 일이었다.

주혁은 곧바로 전화를 하려다가 시간을 보고는 멈칫했다.

너무 늦은 데다가 크리스마스이브가 아닌가. 그래서 기재원 대표에게 문자를 보냈다. 크리스마스 인사와 함께 이 작품을 꼭 하고 싶다고.

그러자 곧바로 전화가 왔다.

ㅡ작품 괜찮지?

"이건 꼭 해야겠는데요? 지금까지 했던 작품 중에서 가장 탐이 납니다."

기재원 대표는 껄껄 웃었다. 자신도 그렇게 생각해서 시나리오를 보낸 것이었으니까. 그래서 평소 주혁답지 않게 욕심을 부리는 것도 당연하게 생각하고 있었다. 자신도 시나리오를 보면서 주혁 외에는 다른 사람이 떠오르지 않았으니까.

사실 이 영화는 주혁을 주인공으로 캐스팅하려고 한 작품이 아니었다. 영화사에서 요청이 오지도 않았다. 시나리오가 우연히 김중택 대표의 손에 들어왔고, 그가 읽어보고는 바로 기재원 대표에게 보여준 거였다.

김중택 대표는 보자마자 주혁이 딱 떠올랐다면서 검토해 보라고 이야기해 주었다. 그리고 시나리오를 본 기재원 대표도 비슷한 생각이 들었다. 이 작품은 주혁을 위해서 쓰인 것 같았다. 그래서 급히 주혁에게 보낸 거였다.

ㅡ이거 자네한테 온 시나리오는 아냐. 그런데 다른 시나리오보다 이게 더 끌려서 먼저 보여준 거야.

기재원 대표는 알아본 내용을 말해주었다. 들리는 말로는 주연 배우로 40대 배우를 생각하고 있다고 했다. 그것도 원래는 주인공의 나이가 60대였는데, 40대로 내린 거라고 했다.

원래 감독은 구상 단계에서는 주인공을 북파 공작원 출신의 60대로 생각하고 있었다. 그런데 캐스팅이 어려울 것 같다는 현실적인 문제 때문에 40대로 낮추어 시나리오를 쓴 거였다.

그리고 원래는 다른 배우에게 제의했었는데, 그 배우가 다른 작품을 선택하는 바람에 다시 배우를 알아보는 중이었다. 그 배우가 이 작품 대신에 아버지의 간절한 부성애를 그린 작품을 선택했기 때문에.

—지금 40대 배우 중에서 찾고 있다고 하더라고. 김준석도 그중 한 명인 모양이던데?

"준석이 형이요?"

주혁이 생각해 보니 독특한 영상이 만들어질 것 같기는 했다. 그의 연기력이야 모두가 인정하는 바였으니까. 하지만 주혁은 액션 때문에라도 준석보다는 자신이 이 작품에 더 적임자라고 생각했다.

"이 작품은 제가 하는 편이 좋겠어요."

—내 생각도 그래. 내가 내일 바로 영화사에 연락을 넣지.

그럴 일이야 없겠지만, 혹시라도 그사이에 다른 배우가 캐스팅되면 곤란했다. 그래서 이런 일일수록 뒤로 미루면 안 되는 법이다.

"예, 잘 좀 이야기해 주세요. 제가 꼭 하고 싶어 하더라고
요."

―자네가 하고 싶다는데 거절할 영화사가 있을까?

기재원 대표는 크게 웃었다. 사실 요즘 주혁보다 유명세를
떨치는 배우가 어디 있던가. 대한민국에서 가장 핫한 배우가
바로 강주혁이었다. 게다가 이 작품에 주혁보다 어울리는 사
람이 어디 있겠는가.

작품이 멜로와 같은 거라면 또 모른다. 주혁이 멜로 연기는
아직 제대로 보여준 적이 없으니까. 하지만 이 영화는 카리스
마 있는 연기와 액션이 포인트다. 바로 연기와 액션 모두 거
의 정점에 다다른 배우를 놔두고 다른 배우를 왜 쓴단 말인
가.

기재원 대표는 왜 영화사에서 40대 배우를 찾고 있는지 이
해가 되지 않았다. 자신은 보자마자 바로 주혁이 떠올랐는데
말이다.

그래서 아마도 주혁이 하겠다는 소식을 들으면 영화사에
서도 크게 반기리라 예상했다.

―걱정하지 말라고. 이 작품은 분명히 하게 될 테니까. 나
도 자네가 이 역할을 하는 걸 정말 보고 싶거든.

"만약 반응이 좋지 않으면, 제가 직접 만나볼게요."

주혁은 이 작품은 절대로 놓치고 싶지 않았다. 이렇게 간절하게 작품을 하고 싶다는 마음은 처음이었다. 하지만 기재원 대표는 절대로 그럴 일은 없다면서 마음 푹 놓고 기다리라고 했다. 곧 좋은 소식이 갈 거라면서.

지금 대한민국에서 돌아다니는 시나리오와 대본은 모두 주혁 앞으로 쏟아진다고 해도 과언이 아니었다. 어떻게든 모셔 가기 위해서 온갖 조건을 제시하고 있었다. 하지만 주혁이 어디 돈 조금 더 준다고 움직이는 사람이던가.

그에게는 오로지 작품만이 중요했다.

그런데 그런 주혁이 먼저 하겠다고 나섰는데, 영화사에서 반대한다? 적어도 기재원 대표의 상식으로는 있을 수 없는 이야기였다. 그리고 그의 예상은 정확했다.

다음 날 영화사 대표에게 연락하자 영화사에는 난리가 났다. 일단 강주혁이 관심을 보였다는 자체가 엄청난 일이었다.

대표는 관계자들과 감독에게 전화를 걸어서 이 사실을 알렸고, 사람들은 처음에는 믿지 않았다.

강주혁이라는 배우에게 주연 제의를 한 것도 아닌데, 먼저 하겠다고 연락이 왔다는 사실을 믿기 어려웠다.

하지만 대표가 계속해서 이야기하자 믿지 않을 수 없었다. 오늘이 만우절도 아니고 대표라는 사람이 헛소리를 이런 식으로 할 사람도 아니었으니까.

그래서 정말 작품에 주혁이 주인공을 하면 어떨까 생각하게 되었다.

그리고 깨달았다.

이 영화에 주혁보다 잘 어울리는 배우는 없다는 사실을.

*　　　*　　　*

솔직한 이야기로 이런 이벤트는 홍보용으로 정말 좋은 아이템이다. 하지만 제작진과 관계자들은 인수가 촬영장에 왔다 간 사실을 홍보에 이용하지 않기로 결정했다.

"사실 말만 하면 허락해 줄 것 같았는데……."

"됐어. 안 그래도 시청률 잘 나오잖아. 그냥 애가 웃는 거본 걸로 만족하자고. 난 인수 창백한 얼굴을 보니까 마음이짠하더라고."

드라마 관계자가 아쉬워하자 PD가 웃으면서 이야기했다. 그리고 나중에 특별 영상 같은 걸 할 기회가 있으면, 그때 내보내는 걸 한번 검토하기로 했다.

"그래도 아쉽긴 하네요. 잘하면 지금 시청률이 정체 상태에 있는 걸 깰 수도 있었는데."

관계자는 이 일을 기회로 50%를 넘을 수도 있었는데, 참아쉽다며 입맛을 다셨다. 최근에는 40% 초반 언저리에서 계속 시청률이 왔다가 갔다가를 반복했다. 그래서 이 정도가 액션 사극의 한계가 아니겠느냐는 이야기까지 나왔다.

그런데 그들의 생각과는 달리 인수가 촬영장에 방문했던 사실은 세상에 알려지게 되었다. 물론 인수가 촬영장에 온 후 며칠 뒤의 일이기는 했지만. 그리고 시청률이 다시 반등하기 시작했다.

주혁은 촬영을 하다가 9회 시청률이 이전보다 올랐다는 말에 의아하다는 표정을 지었다. 특별히 시청률이 오를 만한 게 없다고 생각되어서였다. 오히려 연말이라 시청률이 나오지 않아야 정상이었다.

"다른 드라마가 결방해서 그런 건가요?"

12월 30일. 다른 두 드라마는 연말 특집 방송을 이유로 결방했고, 유일하게 추노만 방송했다. 시청률이 잘 나오고 있으니 밀어붙여 본 거였다. 하지만 시청률이 잘 나오리라 생각하는 사람은 그리 많지 않았다.

연말 특집 방송에 스타들이 즐비하게 나온다. 그리고 특집 방송은 그 시간이 아니면 볼 수 없다. 그러니 아무래도 시청률이 평소보다는 덜 나오지 않겠느냐는 게 일반적인 예상이었다.

하지만 예상은 보기 좋게 깨졌다.

"그런 건 아니고. 인수 이야기가 인터넷에 퍼져서 그랬대."

"그래요? 그건 또 사람들이 어떻게 알았대요?"

인수가 온 사실을 아는 사람은 제법 되었지만, 그동안 조용해서 그냥 넘어가나 보다 했다. 그런데 갑자기 어디서 그런 소식이 퍼졌는지 궁금했다.

"인수가 병원에 가서는 여기저기 자랑을 하고 돌아다닌 모양이야."

"뭐 그랬겠죠. 아직 애잖아요."

인수는 병원에 가서는 추노 촬영장에 갔다 왔다면서 자랑했다. 주로 간호사나 입원해 있는 환자들이 대상이었다.

"병원에는 온갖 사람이 다 오잖아. 개중에 파워 블로거 식구가 있었던 모양이야."

파워 블로거는 아이 때문에 병원에 왔다가 그 이야기를 듣고는 곧바로 취재를 했다. 그러면서도 그는 의아하게 생각했다. 보통은 이런 일은 방송국에서 먼저 내보내게 마련인데 조용했기 때문이었다.

인수의 가족은 흔쾌히 모든 이야기를 해주었고, 그 블로거는 그 사실을 잘 정리해서 자신의 블로그에 올렸다. 일일 방문자 수가 만 명 정도 되는 사람이었는데, 소식이 퍼지는 데는 그리 많은 시간이 필요 없었다.

"그래서 시청률이 올랐다고 보고 있다더라고."

"알려질 건 어떻게든 알려지네요."

"그러게. 이러다가 정말 50% 넘어가는 거 아닌가 몰라."

주혁은 인터넷을 찾아보았는데, 반응이 무척 좋았다. 연말연시에 훈훈한 미담. 사람들이 좋아할 만한 이야기였다. 이 사실이 만약 방송에서 나왔다고 한다면 이렇게까지 반응이 좋지는 않았을 것이다. 사람들은 추노 관계자들이 진심으로 그런 선행을 했다는 데 더 감동했다.

만약 진심이었다고 하더라도 그런 일을 홍보했더라면 그 의미는 많이 퇴색했을 것이다. 홍보를 목적으로 한 것이 아니냐는 말도 나왔을 것이고. 하지만 사람들에게 알리지 않고 한 선행이었다. 그래서 더 가슴에 와 닿았다.

그리고 그런 반응은 시청률에 분명히 도움이 되었다. 답보 상태이던 시청률은 다시 오르기 시작했다. 31일에는 특집 방송 관계로 결방했고, 2010년의 해가 밝고 10회가 방영되었다.

그리고 시청률이 45%를 훌쩍 넘어섰다.

47.8%. 이제는 국민 드라마라고 불려도 손색이 없었다. 인터넷에는 인수가 구경하면서 찍은 사진이 돌아다녔고, 관심도가 급증했다. 그리고 드디어 11회가 방송되었다. 인수가 와서 구경한 11회.

"50.2%"

연락을 받은 PD의 목소리가 떨렸다. 드디어 고대하던 시청률 50%를 넘어섰다. 시청률 50%. 꿈만 같은 수치였다. 애초에 20%만 넘자는 마음으로 시작한 드라마였다. 다시 한 자리대 시청률을 기록하면 다시는 드라마를 찍을 수 없다는 부담감을 갖은 채로.

그런데 정말 기적 같은 일이 일어났다. PD는 흥분한 표정으로 주위에 모인 사람들에게 이 소식을 알렸다. 주혁도 그 소식을 듣고는 감정이 고조되었다. 그리고 이제는 정말 더 높은 곳으로 날아갈 시기가 다가오고 있음을 알 수 있었다.

"그래, 다음 작품까지만 하고 가자. 더 큰 세상으로."

CHAPTER **46**
새로운 계기

감독과 영화사 관계자들은 주혁이 참가한 데 대해 크게 기뻐했다. 강주혁이 주연 배우로 캐스팅되었는데 어느 누가 기뻐하지 않을 수 있겠는가. 그래서 주혁이 영화사로 찾아갔을 때, 이야기 자리는 정말 화기애애했다.

    주혁은 작품에 관해서 감독과 함께 심도 있는 이야기를 나누었다.

    이야기하면서 감독은 사람들의 이야기를 실감했다. 주혁은 정말 작품을 아주 깊이 파악하고 있었다. 영화계에 떠도는 말은 들었지만, 실제로 이 정도 수준이라고는 생각지 못했었다.

이건 배우랑 이야기하는 건지, 아니면 같은 작가와 이야기를 하는 것인지 구분이 되지 않을 지경이었다. 그래서 짧은 시간이었지만 엄청나게 많은 이야기가 오갔다. 그리고 주혁도 대화를 하면서 어떤 준비가 필요한지 파악할 수 있었다.

그래서 아직 추노의 촬영이 끝나지는 않았지만, 이 작품의 준비를 시작하기로 했다. 시간 여유가 있는 건 아니었지만, 그만큼 다음 작품에 대한 열정이 컸기 때문이었다. 그리고 주혁이 무술을 못하는 건 아니었지만 이 작품에서 필요한 무술은 자신이 알고 있는 것과는 많은 차이가 있었다.

그래서 자신이 아는 한도 내에서 가장 전문가에게 레슨을 부탁하기로 했다. 기왕이면 제대로 배워서 영화에 써먹어야겠다는 생각에서였다. 그래서 연락한 것이 바로 미스터 K였다.

―특수부대 같은 곳에서 사용하는 무술이요?

"그렇습니다. 미스터 K가 그 방면으로는 정통하다고 알고 있는데……."

―그렇기는 합니다만…….

미스터 K는 난처하다는 어투로 이야기했다. 그가 알고 있는 무술은 대단히 위험한 것이기 때문이었다. 사실 살상을 목적으로 한 무술치고 위험하지 않은 것이 어디에 있겠느냐만, 그의 기술은 조금 독특한 거였다.

클라이언트인 주혁이 끝까지 원한다면 가르쳐 주기는 하겠지만, 가능하면 다른 사람에게 알려주지 않았으면 했다. 물론 주혁을 믿지 못하는 건 아니다. 지금까지 자신에게 의뢰를 한 사람 가운데 주혁만큼 믿을 만한 사람은 없었으니까.

그가 아니었다면, 지금까지도 어둡고 피비린내가 진동하는 세상에서 살아가고 있었을 것이다. 그 점은 정말 고맙게 생각하고 있었다. 하지만 그렇다고 하더라도 살인 무술을 알려주는 건 쉽게 생각할 문제가 아니었다.

무술을 알려준 일과 관련해서 좋지 않은 기억이 있었기 때문이어서 더욱 그랬다. 원래 외국에서 활동하던 그가 국내에 자리를 잡게 된 것도 다 그 때문이었다. 그래서 자신이 알고 있는 무술을 다른 사람에게 알려주는 것만은 하고 싶지 않았다.

―제가 거절해도 되겠습니까?

주혁은 그의 말을 듣고는 순간적으로 말을 하지 못했다. 이런 대답이 나오리라고는 전혀 예상치 못했기 때문이었다. 지금까지 언제 미스터 K가 이런 반응을 보인 적이 있었던가. 당연히 승낙할 줄 알았다.

사람이 전혀 예상하지 못한 일을 겪으면, 순간적으로 멍한 상태가 된다. 매뉴얼에 없는 상황이라 어떻게 대처해야 하는지 결정을 내릴 수 없기 때문이다. 이럴 때 필요한 것이 순발력이고, 경험이다.

주혁은 그래도 많은 경험이 있어서 멍한 상태가 오래가지는 않았다. 곧바로 정신을 차리고 질문을 던졌다.

"조금 당황스럽군요. 무슨 이유라도 있습니까?"

—전화로 말하기는 조금 긴 이야기인 것 같습니다.

"그럼 간만에 얼굴이나 볼까요?"

주혁은 미스터 K와 약속을 잡았다.

주혁은 약속한 시각에 그의 아지트로 갔다. 그리고 그가 왜 그렇게 알려주기를 꺼리는지 들을 수 있었다. 그가 한 이야기는 주혁도 처음 듣는 이야기였다.

"그래서 한국에 들어온 거였군요."

"이제는 제법 시간이 지난 이야기죠. 다른 사람에게 이 이야기를 한 건 처음입니다."

미스터 K는 원래 미국과 유럽에서 활동했었다고 했다. 유명한 사설 용병 회사의 특급 요원으로. 미스터 K는 그곳에서도 굉장히 특별한 존재였다고 했다. 몇 명 되지 않는 S급 요원으로 분류되었으니까.

"아무에게도 알려주지 않았습니다. 밑천인데 드러내서야 쓰겠습니까. 그쪽 계통에서는 누구나 자신을 드러내지 않습니다. 동료에게도 마찬가지죠."

그는 자신이 배운 살상 기술을 집대성해서 자신만의 고유한 기술로 발전시켰다고 했다. 아무에게도 알려주지 않았음은 두말할 나위가 없는 일이었고.

동료를 신뢰하긴 하지만, 아무도 자신의 것을 알려주려고 하지는 않는다. 작전 중에는 같은 팀을 절대적으로 신뢰한다. 만약 작전 중에 배신하는 자가 있다면, 그자에게는 무조건 현상금이 걸리고 척살 대상이 된다. 모든 용병을 상대로 살아남을 수 있는 자는 거의 없다.

하지만 오늘 동료였다가 내일 적으로 만나는 게 이상하지 않은 동네이다. 작전 중에 자신의 등을 맡길지언정, 자신의 기술을 알려주려고 하지는 않는다. 그것이 그쪽에서는 일반적으로 통용되는 상식이라고 했다.

"그런데 어쩌다가……."

"목숨을 빚진 적이 한 번 있었죠."

미스터 K는 주로 혼자 활동했지만, 간혹 큰 프로젝트인 경우에는 팀으로 움직이기도 했다. 그리고 돌발 상황에서 도움을 받는데, 그 사람이 대가로 기술을 알려달라고 요구했다고 했다.

"나중에 알고 보니 그게 다 꾸민 일이더군요."

목숨을 빚졌으니 아주 모른 척할 수 없는 일이었다. 그래서 일부 기술을 전해주었는데, 그 와중에 이상한 낌새를 알아채고 조사한 결과 모든 것이 계획이란 걸 알아냈다. 하지만 그가 할 수 있는 건 없었다. 회사 차원에서 벌어진 일이었기 때문이었다.

"제가 할 수 있는 건 적당히 넘겨주고 한국에 정착하는 것뿐이었습니다. 그렇지 않았으면 회사에서 은퇴시켰을 테니까요."

그쪽 계통에서 은퇴시킨다는 건 삶에서 은퇴시킨다는 뜻이다. 미스터 K는 다른 회사와 손을 잡고 복수를 할까도 생각했었지만, 이내 접을 수밖에 없었다. 아이가 태어났기 때문이었다. 그래서 안전한 생활을 선택했다.

"처음에는 언젠가는 복수하겠다는 생각도 있었죠. 하지만 이제는 그저 딸아이하고 행복하게 사는 게 제가 바라는 생활입니다."

"저는 그쪽과는 상관없으니까 조금 알려주셔도 상관없지 않나요?"

"그게 좀 꺼려집니다."

미스터 K는 자신의 무술은 독특한 면이 있어서 그들이 보면 대번에 알 수 있다고 했다. 주혁이 그 무술을 영화에서 사용하면 그들이 오해할 수도 있으니 가급적이면 하지 않았으면 좋겠다고 말했다.

"이해해 주셨으면 좋겠습니다."

"그런 이유라고 한다면 당연히 이해해야죠. 그러면 대신 추천할 만한 사람이 있습니까?"

주혁은 그런 종류의 무술을 배울 만한 사람이 있는지 물었다. 미스터 K는 잠시 고민하다가 자신과 인연이 있는 사람을 한 명 소개했다. 자신이 아는 한 최고의 인물을.

소개받은 주혁은 그 사람과 약속을 정하고 찾아갔다. 촬영을 끝내고 가는 길이어서 회사 차를 타고 이동하고 있었다. 미스터 K를 만나는 거라면 혼자 움직였겠지만, 딱히 그럴 필요가 없는 사람이었다.

그런데 차를 몰다가 장백이가 주혁에게 말을 걸었다.

"형님, 지금 혹시 이중호 사범님 만나러 가시는 겁니까?"

"어? 장백이 너도 아는 사람이야?"

운전하던 장백은 가는 곳을 듣더니 대뜸 물었다. 그 사람은 장백이도 아는 사람이었다. 예전에 교육도 받은 적이 있다고 했다.

"형님, 보통 사람은 잘 모르지만 말입니다. 이중호 사범님은 전설적인 분입니다."

장백의 말에 따르면, 그는 아무나 교육시키지 않는다고 했다. 그가 주로 가르치는 사람은 교관이나 사범이었다. 아니면 아주 실력이 좋은 사람이거나.

"그런데 형님은 무슨 일로 사범님을 만나러 가시는 겁니까?"

"어, 영화 준비 때문에."

장백이는 단단히 각오하고 가는 편이 좋을 거라면서 겁을 주었다. 체력에는 자신 있었던 주혁이라 크게 신경 쓰지 않았다. 하지만 장백이가 왜 그런 말을 했는지, 주혁은 이중호 사범을 만나고 나서야 알 수 있었다.

정말 지옥이 어떤 것인지 제대로 경험할 수 있었다. 입에서 단내가 나고 이가 갈린다는 게 어떤 건지 제대로 알 수 있었다. 공포의 외인구단을 찍으면서 체력 훈련을 한 건 소풍날 나들이 같은 수준이었다.

"배우라고 해서 대충 하다가 돌려보내려고 했는데, 제법이네. 눈도 살아 있고."

40대 중반이라고는 생각할 수 없는 탄탄한 몸을 가진 이중호 사범은 주혁의 움직임을 날카로운 눈매로 주시하고 있다가 툭 내뱉었다. 그리고는 옆으로 고개를 돌리면서 중얼거렸다.

"시간 잡어. 오랜만에 가르칠 만한 놈이 왔어."

옆에 도복을 입고 있던 사람들이 조금 놀란 표정을 지었다. 처음 와서 이런 칭찬을 받는 사람은 극히 드물었기 때문이었다. 사람들은 주혁이 배우라는 걸 고려해서 저런 말을 한 것

일 거라면서 자기들끼리 중얼거렸다.

하지만 주혁의 체력에는 다들 놀라는 눈치였다. 사실 오늘 이 테스트는 이곳에 있는 교관이나 사범들도 주혁보다 잘하리라 자신할 수 없는 정도로 힘든 거였다.

"축하합니다. 저도 배우가 왔다고 해서는 탐탁지 않게 생각했는데, 제대로 배우신 분이셨군요. 무술은 어디서 배우셨는지?"

"그것보다 물 한 잔 주시면 안 될까요?"

주혁은 숨을 헐떡이면서 말했다. 정말 이렇게 짧은 시간에 체력이 방전된 건 처음이었다. 컵을 받은 주혁은 물을 조금씩 나누어서 삼키고는 물었다.

"원래 이렇게 빡세게 합니까?"

"솔직하게 말하면 오늘은 조금 심한 편이었죠. 보통은 조금 하다가 퍼지니까 그만두는데, 주혁 씨가 너무 잘 버티니까 아마 사범님도 어디까지 가나 보자고 계속하신 것 같네요."

주혁은 앞으로 고생문이 활짝 열렸다는 생각이 들었다. 하지만 이 정도도 버티지 못한다면 뭘 할 수 있겠느냐는 오기도 생겼다. 주혁은 각오를 다지면서 눈을 치켜떴다. 독기라고 하면 자신도 남들에게 뒤지지 않는다고 생각했다. 그런 게 없이 마냥 좋은 성격이었다면, 절대로 그 오랜 시간을 버틸 수 없었을 것이다.

'그래, 어차피 영화 속 주인공도 이런 훈련을 받은 사람이야. 독기와 살기로 뭉친 인물. 그걸 경험한다고 생각하자.'

*　　　*　　　*

—보고는 계속해서 받고 있습니다만, 특별히 문제가 되는 일은 없으십니까, 마스터.

"신경 쓰지 않아도 된다. 필요한 일이 있으면 알아서 이야기할 테니까. 윌리엄 자네가 하는 일은 괜찮고?"

윌리엄 바사드는 적어도 한 달에 한 번은 직접 전화를 걸어 왔다. 특별한 문제는 없었다. 로저 페이튼 회장은 아직도 2008년에 입은 상처가 아물지 않은 상태였다. 워낙 큰 손실을 보아서 쉽게 회복되지 못할 것이다.

2008년 저점에서 전 세계의 우량주를 쓸어 담은 건 윌리엄 바사드였다. 그 덕에 어마어마한 자본도 축적할 수 있었고. 사실 승부는 그 순간 끝이 난 거나 마찬가지였다. 이제 전 세계의 주식 시장을 움직이는 건 윌리엄 바사드의 세력이었다.

이 판은 포커판과 크게 다르지 않다. 실력이 비슷하면 판돈이 많은 놈을 이길 방법은 거의 없다고 보아도 된다. 그래도 가끔은 숨통을 터준다. 상대도 먹고살아야 자신에게 더 큰 이익이 돌아오기 때문이다.

로저 페이튼이나 다른 세력이 조금씩 손해를 만회하는 건 그런 이유에서였다. 물론 그사이에 윌리엄 바사드는 더 큰 이익을 얻고 있었다. 그렇게 격차는 계속 벌어지는 거였다. 하지만 지금은 그런 방법밖에 없다는 걸 서로 잘 알고 있다.

　어차피 윌리엄 바사드와 맞서서는 승산이 없다. 그러니 상황을 보다가 따라가는 편이 지금으로써는 최선이다. 그리고 그가 손대지 않는 분야에서 최대한 수익을 빼먹거나.

　─어차피 나중에 기회가 되면 이빨을 드러낼 자들입니다. 하지만 지금은 때가 아니죠. 그걸 저도 잘 알고, 저들도 잘 알고 있습니다.

　"필요한 시기가 되면 이야기하라고."

　─그런데 중국의 시진핑 주석과 아는 사이라고 들었는데…….

　"그런데?"

　윌리엄 바사드는 시진핑 주석과의 만남을 주선해 줄 수 있느냐고 물었다. 이유를 물으니 화교 자본과 사이가 좋지 않은 편인데, 이번에 관계를 개선해 볼까 싶어서 그런다는 거였다.

　─상징적인 의미죠. 내가 먼저 이야기를 할 생각이 있다고 메시지를 보내는 거라고나 할까요?

　"확실하게 이야기할 수는 없는데……."

　시진핑 주석이야 예전에 잠깐 인연이 있는 정도였다. 자신이 어쩌다가 잠깐 만날 수는 있지만, 이런 만남을 주선하고 그럴 사이는 아니었다. 하지만 윌리엄 바사드에게 그런 식으로 이야기할 수는 없었다.

"이번에 중국에 갈 일이 있으니 그때 한번 알아보지."

어차피 시진핑 주석이야 만나지 못한다고 하더라도 펑리위안 여사는 만날 예정이었다. 주선 같은 건 말도 안 되는 이야기지만, 윌리엄 바사드를 아는지 슬쩍 분위기를 볼 수는 있을 것 같았다.

*　　　*　　　*

춘완은 중국의 국가 방송국인 CCTV(China Central Television)에서 만든 설 특집 프로그램의 명칭이다. 공식 명칭은 춘절연환만회(春節聯歡晚會)나 줄여서 춘완이라고 부른다.

춘완은 단순한 설 특집 프로그램이 아니다. 중국은 물론이고 전 세계에 퍼져 있는 화교를 한데 묶는 역할을 하는 방송이다. 당연히 중국 정부에서도 이 프로그램을 위해서 굉장히 신경을 쓴다.

"중국의 문화가 그대로 녹아들어 있는 프로그램이라고 보시면 됩니다."

주혁의 안내를 맡은 사람이 아주 공손한 태도로 이야기했다. 왜 그렇지 않겠는가. 당 위원도 아니고 무려 주석과 친분이 있는 사람이다. 어지간한 배우라면 거드름을 피우면서 눈 아래로 깔고 보겠지만, 이건 자신이 쳐다보기도 어려운 상대이다.

게다가 무슨 외국인이 중국어를 그렇게 잘하는지, 중얼거리면서 욕도 못 하게 생겼다. 하지만 어떻게든 이 사람에게 잘 보이기 위해서 최선을 다하고 있었다. 혹시 아는가. 주석은 불가능하겠지만, 펑리위안 여사와는 안면을 틀 수 있을지.

"이번에는 6개월 전부터 준비를 했습니다. 최고의 무대를 선보이기 위해서죠."

중년 남자의 웃음은 상당히 부자연스러웠는데, 벌어진 입 사이로 보이는 이빨도 약간 누렇게 보여서 그다지 호감이 가질 않았다. 게다가 몸에 살집까지 많아서 더더욱 그렇게 보였다.

'중국에서는 당뇨를 부자병이라고 부른다지?'

주혁은 그저 살짝 웃으면서 고개를 끄덕였다. 이 사람이 왜 자신에게 이렇게 저자세를 취하고 있으며, 왜 웃는 얼굴로 끊임없이 자신에게 말을 거는지 너무나도 뻔히 보여서 귀찮을 정도였다.

이런 식으로는 좋은 관계가 만들어질 리가 없다는 걸 상대도 잘 알면서도 혹시나 하는 마음에 저러는 것이리라.

"그런데 대인, 주석과는 어떻게 아시는 사이신지."

그 남자는 눈치를 보면서 물었다. 주혁이 슬쩍 그를 쳐다보자 남자는 화들짝 놀라면서 얼른 말을 덧붙였다.

"아, 오해는 마시기 바랍니다. 별다른 뜻이 있어서 그런 게 아니라, 그저 알아두면 나중에 애들한테 이야기라도 해줄 수 있을까 싶어서……."

그럴 리가 있겠는가. 어떻게든 써먹을 방법을 찾으려고 할 것이다. 주혁은 자세하게 대답해 줄 생각이 없었다.

"전에 한국에 왔을 때 인연이 되었지요. 같이 이야기도 나누고 뭐 그러면서 알게 되었습니다."

아주 모호한 답변이었다. 몇 년도에 만났는지, 어디서 어떤 용무로 만났는지는 전혀 알 수 없었으니까. 하지만 남자는 더이상 캐묻지 못했다. 이렇게 이야기한다는 건 그 정도에서 멈추라는 뜻이기도 했으니까.

그는 곧바로 말을 바꾸었다. 오늘 일정과 춘완의 녹화에 대해서 자세하게 떠들기 시작했다.

이야기를 알아들을 수 없는 장백은 옆에서 멍하니 있었고, 윤미는 무슨 책을 보고 있었다.

남자의 말이 멈추자 주혁은 윤미에게 질문을 던졌다.

"무슨 책이야?"

"예?"

갑자기 자신에게 질문이 돌아오자 윤미는 깜짝 놀랐다.

"놀라기는. 무슨 책 보는지 궁금해서."

"아, 이거요. 로맨스 소설이에요."

"로맨스?"

남자들이 무협과 판타지 소설을 본다고 한다면, 여자들은 로맨스 소설을 본다. 주혁은 로맨스 소설에 대해서 몇 가지 물었다. 자신은 잘 알지 못하는 이야기여서 윤미의 이야기가 아주 흥미로웠다.

"발상이 아주 신선한데?

"역시 주혁 오빠는 달라. 오빠는 생각이 열려 있어서 좋아요."

윤미가 활짝 웃으면서 이야기했다. 보통 남자들은 그런 걸 왜 보느냐면서 타박을 주기 일쑤인데, 주혁은 생각하는 게 남달랐다. 다른 사람 이야기도 잘 들어주었고, 단점보다는 장점을 잘 끌어냈다.

"로맨스야 언제나 잘 먹히는 장르잖아. 당연히 관심을 가지고 있어야지."

"보통 남자들은 안 그런다고요."

주혁은 피식 웃으면서 윤미와 조금 더 이야기를 나누었다. 이야기를 듣다 보니 로맨스 소설도 참 재미있는 이야기가 많다는 생각이 들었다. 그리고 그런 작품들이 여자들에게 인기가 있었고.

주혁은 기본적으로 신선한 이야기를 좋아한다. 지금까지 찍은 모든 작품이 그런 건 아니었지만, 그래도 나름대로는 신선한 이야기 중에서 잘될 작품에 출연한 거였다. 커피 프린스가 그랬고, 추적자가 그랬다.

그리고 전우치와 추노가 그러했다. 특히나 이 두 작품은 한국적인 소재를 가지고 독특한 이야기를 만들어서 더 값어치가 있다고 생각했다. 그리고 스타일 자체도 전에는 볼 수 없었던 스타일이었고.

"살아남으려면 가만히 있으면 안 되는 거지."

고인 물은 썩는다. 끊임없이 새로운 것을 찾고 받아들이지 않으면 살아남을 수 없는 것이 세상의 이치다.

주혁은 자신도 안심할 수 없다고 생각했다. 원래 높은 곳에 있을 때가 더 위험한 법이다. 더 높은 곳으로 오르기는 어렵고, 떨어지는 건 순식간이니까.

"나중에 그 책 나도 좀 볼 수 있을까?"

"그럼. 더 보고 싶은 거 있으면 얘기하세요. 제가 가지고 있는 것도 제법 되니까요."

주혁은 고개를 끄덕였고, 그러는 사이에 차는 호텔에 도착했다.

이곳에서 잠시 쉬었다가 춘완의 녹화를 할 예정이었다. 그리고 다시 이곳으로 와서 쉬고는 그다음 날 펑리위안 여사와의 독대가 예정되어 있었다.

"잠시 기다리시지요, 대인. 제가 안내하겠습니다."

주혁이 슬쩍 보니 호텔 앞에 진을 치고 있는 팬들이 있었다. 분명히 주혁이 이곳에 오는 사실은 외부로 알려지지 않았는데, 어떻게 알고 온 것인지 제법 많은 수가 있었다.

그 이야기는 지금 저 밖에 있는 사람들은 고위층 자녀일 확률이 높다는 것이었다. 여기 중국에서는 그런 정보를 아무나 알 수는 없었으니까. 그래서인지 차는 멈추지 않고 지하 주차장으로 들어갔다. 그리고 그곳에서 전용 엘리베이터를 통해 객실까지 이동했다.

*　　　*　　　*

"반가워요. 일단 앉아서 이야기를 나눌까요?"

펑리위안은 여유 있게 손짓을 하면서 주혁에게 자리를 권했다.

"그래 춘완 녹화는 잘 마쳤지요?"

"예, 재미있었습니다. 정말 각종 공연이 다 있던데요."

"중국에는 다양한 민족이 있어요. 그들을 배려하지 않을 수 없지요."

그래서 엄청나게 다양한 장르의 예술이 망라되었다. 음악과 춤도 여러 종류가 선보였고, 서커스에 마술까지 했다. 정말 중국 각 분야에서 최고라고 불리는 사람들이 총출동하는 그런 자리였다.

그래서 무명이었던 사람이 춘완에 출연해서 일약 전국구 스타가 되는 일도 있었다. 반면에 춘완에서 좋지 않은 평을 받으면 바로 몰락의 길을 걷기도 했고.

"나도 사실은 춘완에 출연해서 이름을 알렸다고 할 수 있어요."

"그런가요? 저는 처음 듣는 이야깁니다."

주혁은 놀라워했다. 그녀가 가수라는 건 알고 있었지만, 춘완에 출연해서 스타가 되었다는 이야기는 알지 못했으니까. 이야기하다 보니 역시 펑리위안 여사는 참 화술이 좋구나 하는 걸 느낄 수 있었다.

이야기를 항상 자신이 중심이 되어서 끌고 나갔다. 그러면서도 상대가 이야기에서 벗어나지 못하게 항상 시선을 끌었다. 이런 점은 정말 배울 만하다는 생각이 들었다. 그렇게 노련한 그녀도 춘완에 대한 자부심은 감추지 못했다.

그녀가 춘완에 대해서 갖는 생각은 남달랐다. 그녀는 춘완을 세계 최고의 프로그램이라고 생각하고 있었다.

"미국에서 가장 높은 시청률을 기록하는 게 NFL 챔피언 결정전이라지요? 슈퍼볼이라고 불리는."

펑리위안은 그 프로그램의 시청자도 1억 명에 불과하다면서 은근히 춘완을 치켜세웠다.

사실 중국의 기세는 무서울 정도였다.

소련이 붕괴한 후, 미국을 견제할 나라는 이제 중국밖에 없다는 이야기가 있었다. 하지만 전문가들은 10년, 아니, 20년은 걸릴 것으로 예상했다. 그것도 짧을 수 있다는 얘기를 덧붙이는 사람도 있었고.

하지만 이제는 그런 사실이 현실로 다가오고 있었다. 그리고 중국도 그런 기대감을 감추지 않았다. 그것이 이번 춘완에서도 은근히 나타났다. 주혁이 출연한 것도 그런 연장선에서 이루어진 거였다.

주혁은 워낙 인기가 있는 스타이기도 했지만, 동양도 서양을 이길 수 있다는 상징적인 의미를 부각시키기 위한 존재이기도 했다.

"노래도 부탁을 받았다고 하던데."

"제가 노래는 좀… 그냥 연기하고 액션만 보여주는 것으로 끝냈습니다."

원래는 노래를 한 곡 해달라고 부탁을 받았지만, 대중들 앞에서 부를 만한 실력이 아니라서 정중하게 거절했다. 대신 주혁의 장기인 액션과 연기를 선보였다.

액션이야 최근 들어 한층 더 날이 선 상태였다. 이중호 사범에게 몇 차례 교육을 받았는데, 정말 일반적인 훈련과는 궤를 달리했다. 이중호 사범의 살기를 받으면 맹수가 눈앞에서 이빨을 드러내고 포효하는 것 같은 느낌이 들었다.

사람을 옴짝달싹하지 못하게 만드는 그런 힘이 있었다. 하지만 주혁도 평범한 삶을 살아온 사람은 아니지 않은가. 어떻게든 극복하고 몸을 움직였다. 그 사실에 이중호 사범도 무척 놀랐다. 자신의 살기를 처음 받는 일반인이 이렇게까지 잘 움직인 건 처음이었으니까.

그런 이중호 사범에게서 무술을 배우면서 주혁의 액션은 한층 수준이 높아진 상태였다. 그래서 시범을 보였을 때, MC들조차 놀랄 정도였다. 그리고 연기도 마찬가지였다.

주혁의 대표적인 작품을 잠깐씩 선보였는데, 살인마였다가 갑자기 코믹한 캐릭터가 되고, 능청스러운 연기를 했다가 추노의 대길 연기까지. 순식간에 캐릭터를 바꿔가면서 인상적인 장면을 선보였다.

처음에는 한국어로 연기하고, 그다음에는 똑같은 장면을 중국어로 하면서 연기했다. 주혁이 연기를 마치자 그 자리에 있던 모든 사람이 박수를 보냈다.

"아쉬워요. 나도 시간이 있었으면 가서 보는 건데, 일정이 있었던 터라."

"여기서 직접 보여 드릴까요?"

주혁의 말에 펑리위안의 눈빛이 달라졌다. 처음에는 그냥 연기 잘하는 배우라고 생각하고 있었다가 지금은 완전히 팬이 된 상태였다. 서양 사람들은 모르겠지만, 동양인치고 주혁에게 반하지 않을 사람은 없다는 게 그녀의 생각이었다.

"아쉽지만 지금은 좀 곤란하겠네요. 곧 올 사람이 있어서."

그녀는 시계를 보고는 아쉬운 표정으로 이야기했다. 그리고 그녀의 이야기가 끝나자마자 문이 열리더니 덩치가 큰 남자가 들어왔다.

"펑요우."

바로 시진핑 주석이었다. 오늘 만날 예정은 아니었는데, 우연하게도 시간이 나서 주혁을 보러 온 거였다. 주혁은 깜짝 놀란 표정이었다. 하지만 시진핑은 편안하게 웃으면서 이야기를 나누었다.

자신도 주혁이 나온 작품을 보고 있으며, 중국도 전우치나 추노같이 고유의 이야기를 가지고 문화 상품을 만들었으면 좋겠다는 뜻도 내비쳤다. 찾아보면 수많은 보물이 있는데, 너무 몇 가지 이야기에만 빠져 있는 것 같다면서.

그렇게 이야기를 나누다가 잠시 말이 끊어지는 순간이 있었다. 왜 그런 타이밍 있지 않은가. 갑자기 서로 할 말이 없어서 정적이 흐르는 그런 순간.

주혁은 어색해진 분위기를 수습하려고 먼저 입을 열었다.

"혹시 윌리엄 바사드라는 이름을 아십니까?"

"아니, 자네가 그 이름을 어떻게 아는가?"

오히려 시진핑이 놀라워했다. 그 이름은 주혁 같은 일반인이 알 수 없는 이름이었으니까. 주혁은 미리 준비한 답변을 했다.

"아, 그 사람이 제 작품을 보고 좋다면서 연락을 해와서요."

주혁은 세계 경제계에 영향력이 있는 사람이라고 알고 있다는 말을 했다. 시진핑은 의심의 눈초리를 거두지는 않았지만, 그럴 수도 있다고 받아들이는 듯했다.

"자네가 어지간한 나라의 장관보다 낫군. 그 사람에게서 먼저 연락을 받는 건 쉬운 일이 아닌데 말이지."

시진핑은 껄껄 웃었다.

"저번에 잠깐 이야기를 하다가 만나고 싶다는 이야기를 하던데요. 서로 발전적인 관계를 위해서 이제는 만나야 하지 않겠느냐면서요."

"그래?"

시진핑은 고개를 갸웃거렸다. 이 이야기를 어떻게 받아들여야 하는지 쉽게 판단이 서질 않아서였다. 윌리엄 바사드와 중국은 적대적인 관계였다. 아니, 로저 페이튼 회장까지 포함해서 셋은 서로서로 적대적인 관계였다.

그런데 현재 승자의 위치에 있는 윌리엄 바사드가 먼저 손을 내민다? 만약 정말이라면 만나볼 의향은 있었다. 하지만 그 말이 주혁이라는 배우의 입에서 나왔다는 게 조금 이상했다. 그는 주혁을 은근히 바라보면서 입을 열었다.

"그 이야기, 나중에 조금 더 할 수 있겠나. 지금은 가봐야 해서 말이야."

"예, 그러시죠."

시진핑은 밖으로 나가면서 윌리엄 바사드와 주혁의 관계가 정말인지 사실을 확인해 보라고 지시했다.

                    *   *   *

"어째 한국에서는 조용하네요?"

"당연하지. 한국에서야 춘완이 뭔지도 모를 테니까."

"나도 이번에 자네가 출연한다고 해서 춘완이 뭔지 알았다니까? 그래도 영화 배급사 대표이고 연예계에 대해서는 알 만큼 안다고 하는 나도 그럴 정도니까 일반인은 오죽하겠어."

주혁은 설을 보내고 추노 촬영장에 가기 전에 아토 엔터테인먼트에 들렀다. 기재원 대표뿐 아니라 김중택 대표까지 만나기로 해서 온 거였다.

중국에서는 사람들이 주혁을 보고는 정말 미친 듯이 열광했다. 어떻게 알았는지 귀국하러 공항에 갔을 때 팬들이 인산인해를 이루고 있었다. 안전요원이 수백 명 동원되었는데도 팬들을 통제하기가 어려울 지경이었으니 얼마나 많은 인원이 모였는지 알 만한 상황이었다.

그래서 안전요원들이 진정을 시킬 때까지 주혁은 차 안에서 대기해야 했다. 겨우 진정이 됐다고 생각해서 주혁을 차에서 내리게 했는데, 그건 주혁에 대한 팬들의 마음을 제대로 생각지 못한 처사였다. 공항이 떠나갈 것 같은 환호성 울려 퍼지고 사방에서 팬들이 주혁을 향해 달려들었다.

주혁이 웃으면서 손을 흔들었을 때 팬들의 환호성과 움직임은 절정에 달했다. 주혁도 어느 정도 그럴 것으로 예상은 했지만, 팬들의 환호에 답례를 보냈다. 그런 일이 예상된다고 해서 팬들을 무시한 채 허겁지겁 공항으로 달려갈 수는 없는 일 아닌가.

당시 주혁을 취재하러 온 방송국 기자에게 공항 관계자가 정말 무슨 일이 벌어지는 줄 알았다고 이야기할 정도였다.

하지만 그런 팬들을 진정시킨 건 주혁이었다. 그는 보안 요원이 가지고 있는 마이크를 달라고 해서 말을 했다.

성원에 감사한다고 하면서 이야기를 시작했다. 주혁의 목소리가 들리자 신기하게도 팬들의 움직임이 점차 잦아들었다. 그리고 이러다가는 다치는 사람이 나올 수도 있으니 조금만 질서를 지켜달라고 이야기했다.

팬들은 주혁이 자신들을 걱정해 준다면서 더욱 감격해했고, 주혁이 떠날 때까지 질서를 유지했다. 그게 바로 얼마 전의 일인데 한국에서는 그런 소식조차 알려지지 않았다. 그래서 그런 소동을 겪은 것이 정말 꿈만 같았다.

"정말 대단했다면서?"

"저도 이야기만 들었어요. 들리는 얘기로는 엄청났다고는 하더라고요."

한국에서는 주혁이 춘완에 출연한 것에 큰 관심을 두지 않았다. 그저 아주 짤막한 기사만이 나갔을 뿐이었다. 춘완이 어떤 것인지 모르는 사람이 대부분이었으니 당연한 일일지도 몰랐다.

하지만 중국에서의 반응은 상상 이상이었다. 특히나 젊은 여성 팬들의 반응은 너무 열광적이어서 사람들이 모두 놀랄 정도였다.

강주혁을 보려고 춘완을 기다렸다

이번 춘완에서 강주혁이 없었다면 아무 의미가 없었다

너무나도 반응이 뜨거워서 우려하는 목소리도 나왔다. 청소년과 젊은이들이 한류 스타에 지나치게 열광한다는 거였다. 사실 이전부터 그런 이야기가 조금씩 나오고는 있었다. 한국의 아이돌이나 배우에게 열광하는 사람이 점차 늘어나고 있었으니까.

그리고 그 선봉에는 강주혁이 있었다. 하지만 강주혁은 적어도 중국에서는 대놓고 뭐라고 하기 어려운 존재가 아니던가. 그래서 한류 스타에 대해 사람들이 열광하는 것이 문제라고 강하게 이야기하는 사람은 없었다.

하지만 이번에는 문제가 좀 심각했다. 그런 이야기가 나올 만한 결정적인 계기가 있었던 것이다. 그래서 강주혁의 이름을 언급하지는 않았지만, 한류 스타에 대한 이야기가 나왔다.

춘완이 방송되던 도중에 인터넷이 난리가 났었다. 강주혁이 나오는 장면에서 카메라가 주혁을 왜 더 많이 잡지 않느냐는 분노의 글이 넘쳐 났다. 이 글을 본 중국의 기성세대들은 깜짝 놀랄 수밖에.

"자네도 잘 알겠지만, 콘텐츠 사업도 이제 수출을 하지 않으면 힘들어. 내수 시장이 작으니 어쩔 수가 없는 일이지."

김중택 대표는 그런 점에서 주혁을 비롯한 한류 스타의 인기가 중국과 동남아시아까지 빠르게 확산되는 걸 아주 고무적으로 보고 있었다.

"그만큼 우리나라 영화나 드라마가 좋은 게 많이 나오고 있다는 거겠죠. 그리고 아이돌이나 배우의 역량도 그만큼 높아졌고요."

주혁은 말을 하면서 기재원 대표를 힐끗 보았다. 인기로만 보자면 주혁이 최고라고 볼 수 있겠지만, 회사에 벌어다 주는 돈은 아이돌 그룹이 훨씬 많았다. 파이브 스타를 비롯한 그룹들이 벌어들이는 금액은 주혁이 깜짝 놀랄 정도로 많았다.

하지만 주혁은 그 이상의 가치를 가지고 있었다. 단순하게 돈으로만 따질 수 없는 그런 가치를 품고 있는 배우였다. 이미 아시아권에서는 최고의 스타라고 말해도 손색이 없었다. 그래서 사실 주혁은 생활에 필요한 물건을 사지 않아도 될 정도였다.

옷부터 자동차까지 서로 자기 제품을 써달라고 들이밀었다. 조건도 없었다. 그냥 사용만 해달라는 거였다. 하지만 주혁은 정중하게 거절하고 물건을 직접 골라서 사용했다.

"자네 요즘 트렌드에 대해서는 어떻게 생각하나?"

김중택 대표가 종종 하는 질문이었다. 벌써 이런 이야기를 나눈 것도 꽤 오래되었다. 영화 괴물에 출연한 인연으로 만나게 되고 나서는 자주 이런 이야기를 나누었으니까.

"앞으로야 점점 더 새로운 걸 원하겠죠. 요즘 보니까 웹툰이나 장르 소설에도 좋은 작품이 많더라고요."

"웹툰은 나도 관심을 가지고 보고 있지. 일단 그림으로 되어 있으니까 영상화하기에 좋은 면도 있고. 하지만 오히려 단점이 될 수도 있지."

보통 유명한 원작을 바탕으로 영화화를 하게 되면 흥행에 성공하기 어려운 측면이 많았다. 원작이 가지고 있는 분위기를 따라 하자니 굳이 영화관에서 볼 필요가 없어지고, 다르게 가자니 사람들이 이상하다고 할 테고.

"그래도 영화는 영화로서의 매력이 있어야죠. 웹툰하고 똑같이 만들면 누가 보겠어요. 타짜도 그렇잖아요. 만화와는 다른 매력을 사람들에게 보여주어야 인기를 얻죠."

"그게 말이 쉽지 어디 간단한 일인가."

원래 타짜는 지동훈 감독이 아닌 다른 감독에게 제의가 들어갔었다. 그리고 그 감독이 지동훈 감독에게 물었었다. 타짜를 영화화하면 어떻겠냐고. 지동훈 감독은 하지 말라고 했었다. 골방에서 패나 쪼이고 있는 게 뭐가 재미있겠느냐고.

그런데 어찌어찌하다가 그 작품이 자신에게 돌아온 거였다. 그래서 원작자에게 양해를 구하고 이야기를 다시 만들었다. 주인공인 고니를 가지고 싶어 하는 사람들의 이야기로.

"그건 그렇고 장르 소설? 내가 많이 보지는 않았는데, 그건 영화화하기에 적당하지 않은 것 같던데? 영미권이라면 가능하지. 반지의 제왕을 쓰든, 해리포터를 쓰든."

"판타지나 무협 쪽은 그렇죠. 아직까지는 영상화하기에 좋은 작품은 없는 것 같더라고요. 하지만 로맨스 소설은 가능성이 있겠던데요?"

"아, 로맨스는 가능하지. 그리고 이번에 만들어지고 있는 작품도 하나 있다던데?"

주혁은 중국에서 윤미가 가지고 있는 책을 보고는 참 재미있다는 생각을 했다. 자신이 남자인데도 보면서 흥미를 느낄 수 있었다. 남녀의 사랑 이야기는 어떤 시대든 먹힐 수 있는 이야기 아니던가. 그리고 알아보니 읽었던 책이 드라마화하기로 되어 있다고 했다.

"제목이 성균관 뭐였던 것 같던데. 어때? 성공할 가능성이 있을까?"

"제가 보기에는 평타 이상은 할 수 있을 것 같아요."

주혁은 일단 신선하다는 점을 장점으로 꼽았다. 돈 많고 잘생긴 남자와 가난한 여자가 이어지는 신데렐라 스토리는 이제 물릴 때도 되었다. 사람들은 언제가 새로운 것을 찾는다. 그런 점에서 성균관 유생들의 나날은 분명히 매력 있었다.

"아시잖아요. 콘텐츠는 반걸음 앞서 가야 한다는 거."

"알지. 난 그 말보다 자네가 하는 신호등 이야기가 더 느낌이 잘 살더군."

뒤처지면 진부하다는 소리를 듣고, 너무 앞서 가면 낯설다는 소리를 듣는다. 그래서 콘텐츠 업계에서는 항상 대중들보다 반걸음 앞서 가야 한다는 말이 있었다. 그 이야기를 주혁은 신호등에 비유해서 이야기한 적이 있었다.

주혁이 한 말은 이랬다. 돈과 성공은 신호등 건너편에 있는 것이다. 파란불에 건너가면 벌써 사람들이 가고 있어서 아무것도 가질 수 없다. 그렇다고 빨간불에 건너가면 차를 만나게 된다. 주황색불일 때. 차는 멈추고 아무도 건너가지 않을 때 움직이기 시작해야 건너편에 있는 걸 거머쥘 수 있다.

"그거 원칙 중요하게 생각하는 사람들은 좀 싫어하던데요. 주황색일 때 건너면 안 된다고요."

"그냥 비유지 어디 실생활에서 그리하라는 건가. 참 별난 사람 많아."

주혁이 말하려고 하는 건 빨간불에서 파란불로 바뀔 때는 분명히 무슨 신호가 있다는 거였다. 그전까지는 금기시되던 소재가 어느 순간에는 좋은 소재가 될 수 있다. 그리고 그렇게 변화할 때는 분명히 신호가 있다.

"제가 볼 때 이런 코드가 젊은 층에는 이제 자연스러운 게 된 것 같아요."

"하긴 우리 애한테도 물어보니까 말이야, 친구들이 남자들 끼리 좋아하는 만화 같은 거 많이 본다고 하더라고. 내가 볼 때는 우리 애도 보는 것 같아."

사실 여자들이 남녀의 사랑 이야기를 다룬 책이나 만화를 보면, 이상하게 바라보는 시각이 있다. 남자들은 더한 걸 봐도 당연하게 여기지만, 여자들은 그런 걸 보면 안 된다고 생각하는 사람들이 있는 것이다.

그런 종류의 장르가 발전한 것에는 그런 이유도 있다고 주혁은 보았다. 그중에서 사랑을 받는 캐릭터를 자신이라고 생각하면서 대리만족을 하는 측면도 있었으니까.

"그래서 저는 가능성이 있다고 보는 편이죠. 그리고 작품도 잘빠졌더라고요. 신선하고 재미있어요. 분명히 거부감이 있는 계층도 있을 테니 대박은 좀 어렵겠지만, 평타 이상은 가능하다고 봅니다."

"그렇군. 역시 자네는 말이야, 배우가 아니라 나하고 같이 일을 해야 했어. 나이 더 먹기 전에 이쪽 일도 좀 해보는 게 어때?"

"대표님도 참, 제가 지금 그 일 할 틈이 어디 있습니까. 촬영하는 것도 바쁜데요."

김중택은 그건 그렇다고 하면서 입맛을 다셨다. 그는 아직도 주혁과 같이 일하는 걸 포기하지 않은 모양이었다. 하긴 그럴 법도 했다. 주혁이 작품을 해석하고 트렌드를 감지하는 능력은 누구보다도 뛰어났으니까.

"그러지 말고 제작 쪽도 경험을 해보는 게 어때? 왜 외국에는 그런 사람도 많잖아. 배우 하다가 감독을 하는."

그런 사람도 분명히 있다. 클린트 이스트우드만 하더라도 배우로서의 명성만큼 영화감독으로서도 인정받고 있었다. 하지만 그거야 더 나이를 먹고 난 후에나 생각해 봄직한 이야기 아닌가.

"나는 자네가 감독이나 제작자를 해도 분명히 성공할 수 있을 거라고 봐."

"나중에 그럴지는 모르겠지만, 지금은 촬영에만 집중해도 시간이 모자랄 판인데요."

하지만 만약 그런 쪽으로 일해도 잘할 수 있을 거라는 생각은 들었다. 그리고 그런 일도 꽤 매력적이긴 했다. 작품을 기획, 제작하고 연출하는 분야도 배우 못지않게 흥미롭고 가슴 두근거리는 일이 아니던가.

하나의 작품을 자신의 손으로 만든다는 건 정말 매력적인 작업이다. 하지만 아직은 시기상조. 일단 추노를 마무리하고 빨리 아저씨를 찍을 준비를 해야 했다. 그것만으로도 시간이 모자랐다.

"나중에 기회가 되면요. 이쪽 일 하는 사람들이야 누구나 그런 거 꿈꾸는 거니까요."

"그래. 잘 생각해 보라고. 나는 자네 능력을 썩히고 있는 것 같아서 늘 안타깝더라고."

김중택 대표는 이야기를 마치고는 먼저 일어섰고, 주혁은 기재원 대표와 회사 이야기를 좀 더 나누었다.

아이돌 그룹이야 걱정도 하지 않았다. 원체 실력이 좋은 데다가 뒷받침하는 사람들의 능력도 정상급이었으니까.

안무부터 작사, 작곡에 이르기까지 쟁쟁한 실력파들이 포진하고 있어서 그쪽으로는 탄탄대로였다. 기재원 대표가 지금까지 계속해서 관리해 왔던 인맥이 이제 활짝 꽃을 피우고 있는 거였다. 게다가 이승효도 아주 잘나가고 있었다.

"승효는 진짜 언제 한번 봐야 하는데……."

"그 친구도 늘 그렇게 얘기하더라고."

그리고 배우들도 차근차근 경험을 쌓고 있었다. 그리고 반응도 아주 좋았다. 아토 엔터테인먼트 소속 배우들은 나이에 비해서 연기력이 좋다고 소문이 났다. 소영이는 물론이고 다른 아이들도 모두 차츰 주목을 받고 있었다.

모든 것이 순탄하게 흘러가고 있었다. 일이 너무 잘 풀려서 오히려 꿈을 꾸고 있는 것 같다고나 할까. 그리고 그건 추노의 촬영이나 시청률도 마찬가지였다.

인수가 구경해서 화제가 된 11회가 50%를 넘은 이후로 잠시 주춤했던 시청률은 50%를 넘었다가 떨어졌다가를 반복하고 있었다. 말 그대로 국민 드라마가 된 것이다. 게다가 의도하지는 않았지만 잘 풀린 일도 있었다.

—마스터, 감사합니다. 덕분에 화교 자본하고 새로운 연결고리가 생겼습니다.

"일이 잘 풀렸다니 다행이군."

시진핑은 미국을 견제하기 위해서는 유대 자본을 상대해야 한다는 점을 잘 알고 있었다. 그래서 윌리엄 바사드와 협력 관계를 구축할 생각이 있었다. 유대 자본을 대표하는 로저 페이튼 회장을 누른 실력자였으니까. 그러던 차에 마침 주혁의 이야기를 듣고는 넌지시 선을 대보았다.

윌리엄 바사드 역시 지금은 잠시 자신이 우위에 있지만, 언젠가는 큰 전쟁을 해야 한다는 사실을 잘 알고 있었다. 그래서 화교 자본과의 연대를 생각하고 있었다. 그러던 차에 그쪽에서 먼저 입질이 온 거였다.

로저 페이튼이 득세하고 있는 동안에는 살아남으려면 어떻게든 나머지를 짓밟아야 했다. 로저 페이튼에 대적할 수는 없으니 그 밑에 있는 자들끼리 정말 피비린내 나게 싸웠다. 당연히 윌리엄 바사드와 화교 자본도 엄청난 혈전을 치른 사이였다.

그래서 둘 다 협력에 대한 생각은 있었지만, 접점도 없고

명분도 없었다. 그런데 주혁이 우연히 중간에서 그 역할을 한 거였다. 화교 자본은 윌리엄 바사드가 주혁을 통해서 먼저 손을 내밀었다고 생각했고, 윌리엄 바사드는 화교 자본에서 먼저 연락을 했다고 생각하고 있었다.

당연히 분위기는 좋게 흘러갔고, 서로의 이해관계가 잘 맞는 만큼 이야기 진행도 순조로웠다. 윌리엄 바사드는 든든한 동맹군을, 시진핑은 미국을 견제할 수 있는 도구를 얻었다. 그리고 둘 다 주혁에게 상당한 도움을 받았다고 여기고 있었다.

물론 주혁은 그런 사실은 생각지도 않고 추노 촬영에 열중하고 있었다.

"액션."

PD의 액션 소리에 주혁이 달려 나갔다. 뛰어가는 주혁의 몸은 그 자체로도 훌륭한 그림이었다. 아름다운 근육이 힘차게 움직였고, 눈빛과 기세는 산이라도 무너뜨릴 것 같았다. 그의 머리 위에 떠 있는 태양이 그의 얼굴을 비추었고, 얼굴에 흐르는 땀방울이 빛을 받아 반짝였다.

CHAPTER **47**
대단원의 막이 내리다

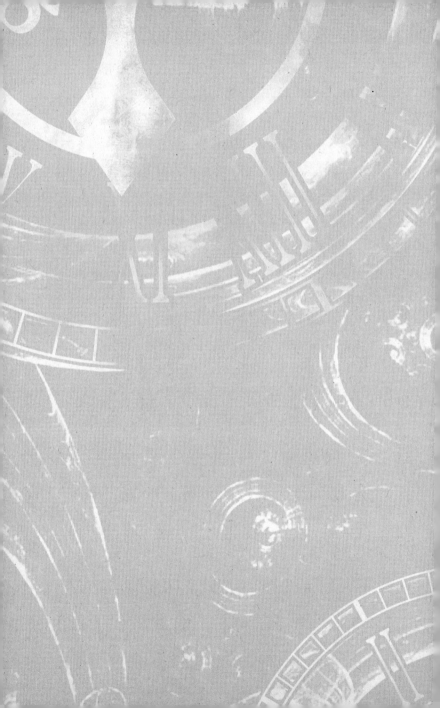

"필요한 게 있는지 확인하라고 하셨습니다."

촬영장에 매일 나오는 투자회사 직원이 주혁이 차에서 내리자 다가오더니 말을 걸었다. 주혁은 새벽같이 촬영장에 오자마자 그런 이야기를 듣자 조금은 귀찮다는 생각이 들었다.

"특별한 건 없군."

"그러면 혹시 케이블 방송국에 관심이 있는지 여쭈어보라고 하셨습니다."

"케이블 방송국?"

투자회사 직원은 윌리엄 바사드의 명령으로 한국에서 주

혁의 연예계 활동을 돕기 위해서 이런저런 조사를 했다고 전했다.

"그런데 최근에 자금 문제가 심각한 곳이 몇 곳이 있다?"

"예, 그렇습니다. 혹시라도 관심이 있으시면 움직여 보겠습니다."

주혁은 별 상관없었다. 지금 촬영하는 공중파 드라마나 영화만 해도 일정이 벅찰 지경이었으니까. 하지만 최근에 공중파 드라마의 한계성에 대해서도 조금은 안타까워하고 있던 터였다.

김중택 이사와의 이야기에도 나왔었지만, 앞으로 방향은 신선하고 새로운 소재를 잘 녹여낸 작품이 되리라 생각했다. 하지만 공중파는 워낙 제약이 많았다. 끔찍한 장면도 불가. 과도한 노출도 불가. 담배가 나오는 것도 불가이니 다른 건 오죽하겠는가.

"그러니까 맨날 막장 드라마만 나오는 거겠지만."

주혁은 혀를 차면서 중얼거렸다. 그래서 그 대안으로 케이블 방송을 생각하고 있기는 했다. 아무래도 공중파보다는 훨씬 자유로우니까. 소재나 제작 여건이 공중파보다는 훨씬 좋았다.

물론 주혁이 야한 것과 잔인한 장면을 좋아하는 건 아니었다. 하지만 작품에 따라서는 그런 장면이 나오는 것도 필요한 경우가 있지 않은가. 그런 장면을 모두 제외하고 나면 뭘 만들겠는가.

공중파 드라마에서 연애 이야기가 빠지지 않고 나오는 건 그런 사정이 있기 때문이기도 했다. 주혁은 확실히 다양한 장르가 발전하려면 새로운 시도를 해야 할 타이밍이라고 생각했다. 그리고 그러려면 케이블 방송국이 제격이었다.

"하지만 내가 관여하는 건 좀 아닌 것 같고."

투자회사 직원은 주혁이 대답은 하지 않고 계속 중얼거리기만 하자 의아한 표정으로 쳐다보았다. 하지만 딱히 말을 걸거나 하지는 못했다. 누구인데 감히 건드리겠는가.

"김중택 대표가 하면 딱 좋긴 한데."

작품을 보는 안목이나 제작 능력은 국내 최고라고 할 수 있었다. 풍부한 경험과 능력을 골고루 갖춘 직원들도 있었고. 그리고 인맥도 굉장히 넓으니 한번 추진해 볼 만하지 않은가 하는 생각이 들었다.

주혁은 잠시 고민하다가 결정했다. 어차피 윌리엄 바사드로서도 계속해서 무언가를 내밀 것이다. 주혁에게 답례를 해야 한다는 생각을 가지고 있었으니 이것이 아니라도 뭔가를 받기는 받아야 할 것이다.

그러니 이 기회에 능력 있는 사람에게 맡겨서 좋은 작품을 제작하는 여건을 만들면 좋겠다고 판단했다. 그리고 주혁이 보기에 가장 적임자는 김중택 대표였다.

"넥스트의 김중택 대표에게 자문을 구하고 그를 책임자로 앉히는 방식으로 진행하면 좋을 것 같군."

"그건 좀 곤란합니다. 마스터에게 드리는 선물이기 때문에 다른 사람이 그걸 받는 건 있을 수 없는 일입니다."

투자회사 직원이 뜻밖의 말을 했다. 하긴 그럴 법도 했다. 윌리엄 바사드가 중국에서의 일로 자신에게 선물로 주는 것이니까. 하지만 자신은 그런 귀찮은 일에 얽매이기는 싫었다. 주혁이 고민하자 직원이 슬쩍 말을 건넸다.

"그러면 이렇게 하시는 게 어떻겠습니까?"

직원은 바사드 투자회사와 넥스트, 아토 엔터테인먼트가 공동으로 법인을 설립하되 바사드 투자회사가 가장 많은 지분을 가지고 있는 방식이면 어떻겠냐고 했다. 바사드 투자회사의 지분은 사실상 주혁의 것이나 다름없는 것이지만 표면적으로는 전혀 상관없는 모양새였다.

"그 정도면 좋겠군. 그런데 넥스트하고 아토는 왜 끌어들이려고 하는 거지?"

"일단 실무적 역량이 가장 뛰어난 회사들이기도 하고, 마스터와 친분이 있는 곳이기도 하기 때문입니다."

그리고 한국 사람들의 정서상 외국 자본이 회사를 먹으려고 하는 걸 무척 싫어한다고 했다. 하지만 외국 회사는 자본만 대고 넥스트와 아토 엔터테인먼트라는 역량이 뛰어난 회사들과 실무를 담당한다면 반발도 없으리라는 점을 생각한 거였다.

"단독으로 인수하는 건 노조의 반발로 문제가 있습니다. 마스터에게 드리는 선물인데 잡음이 생겨서야 곤란하지 않겠습니까."

그리고 넥스트와 아토 엔터테인먼트에 제안하는 조건도 굉장히 후한 조건으로 할 예정이라고 말했다.

저리 말하는 걸 보니 주혁이 그냥은 받지 않을 걸 예상하고 플랜 B까지 준비한 모양이었다.

"그렇게 하지. 그런 정도라면 나로서도 만족스럽군."

주혁은 천천히 고개를 끄덕였다. 투자회사 직원은 주혁에게 승낙을 받자 바로 뒤로 물러서서 핸드폰을 꺼냈다. 그리고 이야기한 대로 일이 시작되었다. 이미 거의 모든 준비가 끝나 있는 상황이어서 일사천리로 진행되었다.

주혁이 그날 촬영을 마치고 돌아왔을 때, 기재원 대표는 크게 웃으면서 주혁을 맞이했다. 그러면서 깜짝 놀랄 일이 있다면서 주혁을 소파에 앉혔다. 주혁은 무슨 이야기인지 알고 있었지만, 제법 놀라는 시늉을 해야 했다.

"그런데 외국 회사가 왜 이렇게 우리에게 좋은 조건으로 계약을 하려는지 모르겠는데?"

"왜요?"

"사실상 자본은 그쪽에서 거의 대는 거거든. 그런데 지분은 우리나 넥스트에 상당히 후하게 주더라고. 우리 회사의 인적 자본과 역량을 높이 평가한다면서 말이지."

주혁은 피식 웃었다. 물론 아토 엔터테인먼트의 인적 자본은 대단했다. 아이돌 그룹들과 자신을 비롯한 배우들. 아이돌 그룹은 국내에서 최고였고, 배우들도 조금만 지나면 그리될 수 있다고 생각되었다.

하지만 외국 회사가 어떤 곳인데 그리 호락호락 지분을 주겠는가. 기재원 대표도 너무 이상해서 계약서를 여러 차례 살펴보고 변호사의 자문까지 받았지만, 전혀 문제가 없었다.

"어차피 외국 회사가 인수하려고 하면 케이블 방송국에서 가만히 있지 않을걸요?"

"그거야 나도 알지. 노조에서 들고일어날 테니까. 하지만 지금 바사드 투자회사에서 말하는 조건대로만 하면 노조에서도 별다른 반대가 없을 것 같거든."

고용 승계도 확실하게 보장하고, 실질적인 업무는 전문가들을 고용해서 맡길 예정이니 국내 업체에서 인수하는 것보다도 훨씬 좋은 조건이었다. 사실 MH 그룹에서도 인수하겠다는 움직임이 있었다.

하지만 고용 승계는 일부만 가능하고 물갈이를 하려고 했다. 게다가 윗선은 모두 MH 그룹에서 온 사람들이 앉아야 하는 조건. 인수하는 금액도 팍팍 쳐내고 깎으려고만 들었다. 완전히 날로 먹겠다는 거였다.

어차피 우리 아니면 그대로 망하니 대안이 없지 않으냐는 자신감으로 밀어붙인 거였다. 하지만 세 회사가 뭉친 미래 컨소시엄이 뛰어들 예정이었다. 그리고 조건도 MH 그룹에 비하면 월등했다.

거기다가 책임자도 넥스트와 아토 엔터테인먼트에서 추천한 사람들로 할 예정이니 방송국 노조에서도 별다른 말을 할 수 없을 것이다.

"뭐, 생각하는 게 있겠죠. 조건이 좋으면 좋은 거 아닌가요?"

"그렇긴 한데, 조금 찜찜하기는 하지. 세상에 공짜는 없는 법이니까."

그러면서도 기재원 대표는 싱글벙글이었다. 지금 상황이 흔히 오기 어려운 기회라는 걸 잘 알고 있었기 때문이었다. 가장 마음에 드는 부분은 그들은 자본만 대고 실무적인 부분은 자신들에게 맡긴다는 점이었다.

물론 회사 차원에서 결정해야 할 중요한 사안에 대해서는 참가하겠다고 했다. 당연했다. 가장 많은 지분을 가지고 있는 건 엄연하게 그들이었으니까. 하지만 일반 업무는 자율권을 보장해 주었다.

몇 가지 세세한 조건이 있기는 했지만, 얻은 것에 비하면 아주 사소한 것에 불과했다. 주혁은 기재원 대표의 표정으로 보고는 제안을 받아들일 거라는 사실을 알 수 있었다.

"김중택 대표님은 어떻대요?"

"김 대표도 이런 조건이라면 얼마든지 환영이라더군. 그래서 이미 같이하기로 했어. 혹시 자네가 반대하는 건 아니지?"

주혁도 엄연히 아토 엔터테인먼트에 지분이 있는 사람이었다. 기재원 대표에게 대부분 일임하고 있기는 했지만, 이런 중요한 사안에는 주혁의 동의도 필요했다. 하지만 주혁이 반대를 할 리가 없지 않은가.

"아, 그렇게 좋은 조건이라는데 왜 반대를 합니까. 대신 일은 좀 많아지시겠는데요?"

"그래서 말인데, 자네도 나중에 시간이 좀 되면 도와줘. 지금은 바쁜 거 아니까 나중에 영화 촬영 다 끝나고."

어차피 지금 인수해서 정상화를 하려면 몇 달은 걸릴 것이다. 그동안에는 지금까지 해왔던 방식으로 진행하고 본격적인 개편은 그 이후가 될 것이니 그 정도면 주혁도 시간이 좀 되지 않을까 싶었다.

"모르겠네요. 저는 경험도 많지 않아서요. 그리고 시간도……."

"아참, 내 정신 좀 봐. 페가수스에서 제안이 하나 왔어."

"페가수스에서요?"

평소에 사이가 좋지 않은 건 아니었지만, 그렇다고 교류가 활발한 편도 아니었다. 그런데 갑자기 무슨 제안이 왔다는 것인지 궁금했다. 그래서 제안서를 받고는 바로 펼쳐 보았다.

"루저들이 화려하게 비상하는 음악 드라마?"

"그래, 그쪽 멤버하고 우리 멤버하고 엮어서 드라마를 하나 만들어보자는 거야."

"두 회사의 인기 아이돌과 배우를 넣어서 드라마를 만든다……."

발상 자체는 나쁘지 않았다. 춤과 노래에 연기까지 어느 정도 되는 아이들이 있었으니까. 하지만 자신이 보기에는 그저 연기를 조금 하는 정도였지, 드라마를 끌고 갈 정도는 아니었다. 하지만 실력 있는 중견 배우들이 받쳐 준다면 나쁘지 않을 수도 있겠다는 생각은 들었다.

"다수의 주인공으로 갈 거니까 부담이 크지도 않을 거고 말이죠."

새로운 시도라는 점에서는 높은 점수를 주고 싶었다. 이 프로젝트는 발전시켜 보아도 괜찮겠다는 생각이 들었다.

"재미는 있겠네요. 하지만 두 회사가 하다 보면 마찰이 있을 건데요."

"그 정도는 감수하고 가야지 뭐. 그리고 아무래도 우리 애들이 더 인기가 있으니까 우리 발언권이 더 강하지 않겠어?"

이제는 바사드 투자회사라는 든든한 자금줄까지 생겨서 자본으로도 절대로 밀리지 않는다. 그리고 경험이나 경력으로 보아도 기재원 대표를 능가할 사람이 저쪽에는 없었다.

기재원 대표는 프로젝트를 긍정적으로 진행하기로 했다. 이제는 만능 엔터테이너가 빛을 발하는 시대이다. 그러니 아이돌 애들이 연기에 도전해 보는 것도 나쁘지 않다는 생각이었다.

"촬영은 이제 거진 막바지지?"

"예, 다음 주면 끝이 나니까요. 그리고 일정도 이제는 조금 여유가 있어요. 대부분 촬영이 끝났으니까요."

국민 드라마 추노는 이제 단 3회만 남은 상태. 오늘 22회가 방영되고 나면 정규 방송은 두 회면 끝이 난다. 마지막에 특별 편이 준비되어 있기는 했지만, 정규 방송은 24회가 마지막이다.

"그런데 정말 끝까지 이야기가 이렇게 흥미진진한 드라마를 보는 건 처음인 것 같아. 정말 다음 편을 안 볼 수가 없다니까."

"모든 캐릭터가 다 이야기를 가지고 있어서 그렇죠. 저는 작가님이 정말 존경스럽더라고요. 어떻게 이렇게 모든 캐릭터의 이야기를 끝까지 긴장감 있게 끌고 나갈 수 있는지……."

어디 그것뿐이랴. 모든 인물의 이야기가 완결되면서 드라마가 끝난다. 한둘도 아니고 그 많은 캐릭터 각자의 이야기가 모두 완결되는 것이다. 도대체 작가의 머리에는 어떤 게 들어있기에 그런 게 가능한지 궁금할 지경이었다.

자신은 한 사람의 역할만 하는데도 정말 몰입해야 하는데, 그 많은 인물들을 생동감 있게 만들면서도 각자의 이야기도 완벽하고 깔끔하게 마무리를 할 수 있다니. 정말 대단하다는 생각이 들었다.

"마지막에는 몇 %나 나오려나? 50%는 당연히 넘겠지?"

"그거야 넘겠죠."

이제는 50%를 그거라고 할 수 있을 정도가 되었다. 한두 번 넘어본 게 아니었으니까. 이제 며칠만 더 촬영하면 대망의 엔딩이었다.

주혁은 조금 더 집중해서 멋진 피날레를 장식하리라 생각했다. 그동안에는 중국에 다녀오고 훈련을 받고 해서 집중력이 조금 흐트러진 느낌도 들었다. 하지만 이렇게 멋진 작품의 엔딩을 제대로 뽑아야 하지 않겠는가.

'그래 다른 일은 모두 잊고, 이 작품 마무리에 집중하자.'

주혁은 주먹을 꽉 쥐었다. 지금은 다음 작품이나 새로운 프로젝트, 케이블 방송에 대한 생각은 잠시 잊어야 할 시기이다. 모든 것을 던지고 오직 마지막을 향해서 달려갈 타이밍. 주혁은 자리에서 벌떡 일어섰다.

기재원 대표는 주혁의 표정이 살짝 변한 걸 눈치를 챘다. 지금까지 사업 이야기 하던 주혁은 사라지고 배우 주혁이 다시 돌아온 거였다.

'저 친구는 평생 배우 해야겠어. 나 같으면 이런 어마어마한 사업 이야기를 하고 나면 거기에 몰두해서 흥분이 될 텐데 말이야.'

기재원 대표는 주혁이 인사하고 걸어 나가는 뒷모습을 바라보았다. 주혁은 긴 코트를 입고 있었지만, 어쩐지 대길이라는 캐릭터가 어슬렁어슬렁 걸어 나가는 모습이 겹쳐 보였다. 마지막일 운명을 향해서 뚜벅뚜벅 걸어가는 대길의 모습이.

*　　　*　　　*

"드디어 끝나가는구나."

촬영장을 보던 PD는 감회에 젖어 중얼거렸다. 새로운 시도가 많은 드라마여서 걱정도 많았다. 촬영하면서 성공할 수 있다는 생각을 했지만, 첫 회 시청률이 나오기 전까지는 이번에도 실패한다면 끝장이라는 압박감이 목을 죄어왔다.

하지만 대본을 읽고 나서는 도저히 가만히 있을 수가 없었다. 이런 작품을 어떻게 하지 않을 수 있겠는가. 연출을 하는 사람이라면, 누구나 이런 작품을 두고 머뭇거리지는 않을 것이다. 그리고 생각했던 것보다 큰 성공을 거두었다.

시청률 50%를 찍은 드라마. 어디 쉽게 볼 수 있는 일이던가. 시청률 50%를 넘은 드라마가 나오지 않는 해도 많다. 그래서인지 방송국이나 다른 곳에서도 자신을 바라보는 시선이 달라져 있었다.

그런 드라마가 거의 끝나간다고 생각하니 그동안 고생했던 일들이 한 편의 영화를 보듯 머릿속에 떠올랐다.

"정말 고생도 많이 했었지."

PD는 상념에 잠겨서 중얼거렸다. 사실 같이 작품을 한 스태프들에게는 미안한 일이 많았다. 드라마를 찍으면서 워낙 방방곡곡을 돌아다녔으니까. 방방곡곡. 여행을 다닐 때는 정말 좋은 말이다.

하지만 촬영을 할 때는 그만큼 고생을 많이 했다는 뜻도 되었다. 그리고 좋은 장면을 찍기 위해서 고생한 일은 이루 셀수도 없을 정도였다. 그런 걸 같이 겪으면서 지내왔는데, 결과가 잘 나와서 다행이었다는 생각을 했다.

"뭘 그렇게 골똘히 생각하고 계세요?"

PD가 뒤를 돌아보니 촬영 준비를 마친 주혁이 걸어오고 있었다.

"어, 주혁 씨 왔어? 그냥 촬영이 끝나가니까 고생했던 생각이 나서."

"그렇긴 하죠. 워낙 경치 좋은 곳을 다녔으니까……."

경치가 좋은 곳. 이 말을 스태프들은 장비를 가지고 가기 어려운 곳으로 알아듣는다. 경치가 좋은 곳일수록 자동차나 기계의 힘으로 장비를 가져갈 수 없는 곳이 많았으니까. 그렇다면 어찌해야겠는가. 전부 사람들이 날라야 한다는 말이다.

산꼭대기에 무거운 장비를 짊어지고 가야 할 때도 있었고, 길이 없는 계곡에 사람들이 줄지어 서서 장비를 하나하나 날랐던 경험도 있었다. 그 때문일까. 지나가던 조명 팀 스태프 한 명이 경치 좋은 곳이라는 말을 듣고는 흠칫거리는 게 보였다.

"지나고 나면 다 추억이지. 그건 그렇고 인수는 좀 어떻다던가?"

"이제는 그렇게 많이 찾아오지 않는대요. 다행이죠."

인수의 일이 언론에 알려진 후로 인수나 인수의 가족을 취재하고 인터뷰하려는 사람들이 몰려들었다. 평생 그런 관심을 받지 않고 살아왔던 사람들에게는 조금은 벅찬 일이었다. 게다가 주목을 받을수록 이상하게 악플을 다는 사람도 늘어났고.

"인수가 컴퓨터를 자주 보지 못해서 다행이에요. 도대체 그런 짓은 왜 하는 건지. 그래도 이제는 찾아오는 사람도 거의 없다니까 다시 일상생활로 돌아왔다고 봐도 되겠더라고요."

"원래 그런 관심일수록 확 달아올랐다가 금방 식어버리니까."

주혁은 인수 가족이 뜻밖의 일로 상처받지 않기를 원했다. 가족의 일에는 굉장히 민감한 주혁이었다. 많은 것을 이루었고 앞으로 더 큰 것을 얻겠지만, 그가 영원히 가질 수 없는 것. 그것이 바로 가족 아니던가.

"그래도 크게 신경 쓰지 않더라고요. 덕분에 좋은 분들이 응원도 많이 해주셨다면서요."

그래도 아직은 살 만한 세상이었다. 격려의 글이나 메일도 많이 왔고, 작지만 도움을 주겠다는 사람도 생겼다. 그리고 인수에게 기운 내라는 또래 친구들의 편지도 많이 왔다. 덕분에 인수의 표정이 많이 밝아졌다.

또래 친구와 놀고 싶은 생각이 왜 없겠는가. 그런데 이번에 또래 친구가 많이 생겼다면서 굉장히 좋아했다.

"나도 가고 싶었는데, 아쉽네."

"다음에 시간 내서 같이 가시죠. 다들 보고 싶어 하더라고요."

짧은 시간이었지만, 인수는 촬영장에서 만난 사람들과 꽤 친해졌었다. 다들 보고 싶다고 해서 촬영이 끝난 후에 시간을 한번 내기로 했는데, 언제가 될지는 아직은 확실하지 않았다. 다들 일정이 바빠서였다.

벌써 촬영을 끝마친 배우도 있었다. 아니, 촬영이 남은 배우가 더 적다고 말하는 편이 옳을 것 같았다. 마지막 장면의 촬영만 남은 상태였으니까. 방금도 업복의 마지막 장면을 촬영하고 왔다.

주혁은 촬영이 없었지만, 촬영장에 가서 보았다. 굳이 그러지 않아도 되는 일이었지만, 왠지 그러고 싶었다. 적어도 자신은 이 드라마에 나오는 캐릭터의 마지막 장면은 지켜봐야 할 것 같다는 생각이 들었다.

가슴이 뭉클했다. 총 네 자루를 들고 단신으로 궁궐로 쳐들어가는 모습은 비장하기까지 했다. 지금까지는 총으로 사람을 쏘는 것을 고민하고 주저하는 모습을 보였지만, 마지막 장면에서는 결연한 표정으로 한 치의 망설임도 없이 총을 들었다.

사실 궁궐을 혼자서 저렇게 쳐들어간다는 것이 어디 가당키나 한 말이던가. 하지만 주혁은 그 모습이 전혀 이상하지 않았고 오히려 통쾌했다. 그리고 오히려 주먹을 불끈 쥐고 응

원하게 되었다.

억압받고 이용만 당했던 민초들이었다. 작은 희망까지도 모조리 꺾인 상태였다. 자신들을 인도하는 사람이라고 생각했던 자는 자신들을 이용한 거였고, 세상을 바꿔보자는 뜻으로 뭉쳤던 사람은 모두 죽었다. 그런 상황에서 할 수 있는 게 무엇이겠는가.

하지만 민초들의 분노는 꺾이지도 시들지도 않았다는 걸 보여주는 장면이었다. 민초들의 의지가 결코 가벼운 것이 아니라는 걸 보여주었다. 그동안 그들을 가지고 놀았다고 표현할 수 있는 그분과 좌의정. 업복이는 그 둘을 단죄한 거였다.

정말 후련하고 시원했다. 물론 그 둘을 쓰러뜨린 후에 업복이는 붙잡혔다. 아마도 그리될 줄 알고 일을 벌였을 것이다. 그리고 바닥으로 굴러떨어지는 좌의정의 관모. 바닥에 엎드린 채 발로 밟힌 업복의 모습.

하지만 업복의 작은 반란은 실패로 끝난 것이 아니었다. 닫히는 궁궐 문 사이로 그 모습을 보면서 주먹을 쥐는 반짝이 아버지를 통해서 민초의 의지는 계속해서 이어질 거라는 사실을 보여주었으니까.

"촬영은 아직인가?"

주혁이 주변을 두리번거렸다. 하지만 아직 준비가 덜 끝난 듯 사람들이 분주하게 움직이고 있었다.

"조금 더 있어야 될 거야. 준비할 것이 제법 있어서."

"그렇군요."

주혁도 마지막이라는 생각을 하니까 기분이 묘했다. 정들었던 사람들과 이별을 해야 하는 시기가 다가오고 있다는 건 언제나 사람을 힘들게 하니까. 가슴이 시리고 무언가가 꽉 잡고 있는 느낌이었다. 그리고 캐릭터 하나하나에 얽힌 일들이 떠올랐다.

"저는 좌의정하고 황철웅 캐릭터도 인상 깊었어요. 악당인데 전형적이지 않았거든요."

"세상에 완전한 악인이 어디 있고, 완전한 선인이 어디 있으려고."

비정하고 악행을 일삼는 캐릭터들이었지만, 인간적인 면을 가지고 있었다. 좌의정은 정신지체인 딸을 아끼는 모습을 통해서, 황철웅은 어머니를 생각하는 모습을 통해서 만들어진 캐릭터가 아니라 실제로도 있을 법한 그런 인물이라고 느껴졌다.

어디 이 드라마에서 매력적인 캐릭터가 하나둘이던가. 오히려 매력적이지 않은 캐릭터를 찾는 게 더 쉬울 것이다. 주연부터 조연까지 사람들의 사랑을 받았다. 그들의 사연에 가슴 아파하고 안타까워했다.

"그런데 살아남은 사람이 별로 없어서 좀 그렇긴 해요."

"그래도 왕손이하고 최 장군은 살았잖아. 그리고 사람은 죽었지만, 의지와 희망은 계속 이어지니까."

사람들은 해피엔딩을 좋아한다. 하지만 이 드라마는 솔직하게 해피엔딩이라고는 할 수 없었다. 물론 이 드라마는 이렇게 마무리되는 게 가장 좋다는 생각이 들었다. 하지만 그래도 무언가 더 희망적으로 마무리가 되었으면 좋겠다는 생각이 들었다.

"그래서 말인데요, 최 장군하고 왕손이 찍었다가 편집 때 짤린 거 있잖아요."

"짤린 거? 아! 밭에서 둘이서. 어, 그래. 기억나네."

"그거 어디다 쓸 수 없을까요?"

주혁은 그 장면이야말로 희망을 말하는 장면이라고 생각했다. 셋이 번 돈으로 땅도 사고 집도 사고. 비록 대길은 없지만, 둘이서 그곳에서 밭을 일구면서 살아간다.

"나도 그 장면은 어떻게든 쓰려고 해. 장면이 의미하는 게 아주 중요하거든."

"그러니까요. 정말 시청자한테 주는 선물 같은 건데 말이죠."

주혁의 말에 PD는 퍼뜩 떠오르는 생각이 있었다. 정말 그 장면을 마지막에 깜짝 선물같이 보여주면 좋겠다는 생각이었다. 편집을 해봐야 알겠지만, 느낌이 좋았다. 영화 끝 부분에 깜짝 영상이 나오는 것처럼 그런 장면이 될 것 같았다. PD는 갑자기 생각에 빠져들었다.

"참, 노비 키스 장면 엄청나게 화제인 거 아시죠?"

PD가 잠시 생각을 하고 있자, 핸드폰으로 기사를 검색하던 주혁은 말을 툭 내뱉었다. 기사에 노비 키스 장면과 관련된 내용이 나왔기 때문이었다. 상념에서 깨어난 PD는 회심의 미소를 지으면서 대답했다.

"난 그렇게 될 거라고 확신하고 있었지. 처음부터 계산하고 한 거니까 말이야."

자신이 작정하고 만든 장면이기에 더욱 쾌감을 느꼈다. 작가와 상의해서 처음부터 이 장면을 염두에 두고 남녀 노비 각각의 뺨에 노(奴)와 비(婢) 문신을 새겼다. 위치까지 신경 써서 나중에 키스할 때 노비라는 글자가 보일 수 있도록.

"그래서 더 안타까운 것 같아요."

얼마나 안타까운 일인가. 그렇게 애틋하던 두 사람이 사랑을 확인했는데, 바로 이별을 해야 했으니. 어찌 보면 이 드라마에 나오는 사람들은 전부 어눌하고 투박했다. 마음을 표현하는 것도 어설펐고, 속마음을 잘 드러내지도 못했다.

하지만 그런 꾸밀 줄 모르는 진솔함이 사람들의 가슴을 더 깊이 흔들었다. 이 드라마는 그런 드라마였다. 거칠고 투박했지만, 보고 있으면 사람의 마음속 깊은 곳에 자리 잡는 그런 작품이었다.

"저기 PD님, 촬영 준비 끝나가는데요."

PD와 주혁은 자리에서 일어섰다. 이제 강가에서 주혁이 사람들을 기다리는 장면을 촬영해야 했다. 주혁은 장면을 머릿속으로 확인하면서 자리에서 일어섰다. 그런데 막상 촬영을 시작하려고 하니까 뭔가 허전했다.

"PD님, 그래도 마지막 회에 들어가는 장면인데 너무 밋밋하지 않아요?"

"그러게. 내가 생각했던 거하고는 그림이 좀 다르네."

둘은 이대로 찍는 건 좀 아니라는 생각에 합의하고 궁리를 시작했다. 뭔가 설정이 필요했다.

"꽃신을 이용하면 어떨까요?"

"꽃신!"

PD는 고개를 끄덕였다. 좋은 소품이라는 생각이 들었다. 이제 송태하 일행이 이곳으로 오면 언년이와는 영영 이별하게 된다. 종의 신분일 때 사주었던 꽃신을 보면서 배에서 기다린다. PD는 상황이 무척 마음에 들었다.

"오케이. 그렇게 가보자고."

촬영은 생각보다 길어졌다. 꽃신만 달랑 넣으면 아무래도 약하니까 꽃신과 얽힌 사연을 회상하는 걸 넣었다. 대본에는 달랑 뱃전에 걸터앉아 있다고만 나온 장면이 눈덩이가 커지

듯 점점 커지게 되었다.

하지만 느낌도 좋았고, 연기도 훌륭했다. 그래서 일단 찍었
다. 영화만큼은 아니겠지만, 드라마도 편집하면서 쳐내는 부
분이 있다. 모자라는 건 문제가 되지만, 남는 건 고민이 되는
거다. 어떤 부분을 버려야 할지 선택해야 하니까.

"오케이. 그러면 이제 뛰어 나가는 장면으로 넘어가지."

"PD님, 잠깐만요."

주혁은 무언가 아직 모자란다는 느낌이 들었다. 그래서 제
안을 했다.

"태양을 향해서 화살을 쏘는 건 어떨까요? 갑자기 느낌이
왔는데."

PD는 이야기를 듣고 그 장면을 떠올려 보았다. 너무 멋진
장면이 떠올랐다. 하지만 망설여졌다. 이 장면이 너무 길어졌
기 때문이었다. 그냥 뱃전에 앉아 있는 장면을 찍으러 와서는
꽃신을 보고 회상하고 하는 데만도 벌써 상당한 시간을 썼다.

"가지. 일단 가자고."

너무 길어졌다는 생각은 들었지만, 그 장면이 너무 멋질 것
같았다. 그래서 속행을 결정했다. 나중에 편집할 때 쳐낼 건
쳐내더라도 일단 이런 장면을 놓칠 수는 없었다.

주혁은 고개를 들어 하늘을 보았다. 구름 한 점 없는 허허
로운 하늘에 태양이 빛나고 있었다. 주혁은 손을 들어서 태양

을 향해 쭉 뻗었다. 그리고 반대쪽 손으로 등에서 화살을 꺼내는 시늉을 했다. 그리고는 천천히 당겼다가 손을 놓았다.

"피유우우~"

주혁은 입으로 소리를 냈다. 주혁의 손끝에 걸려 있는 태양이 밝게 빛났다. 배가 삐걱거리는 소리와 강물이 넘실거리는 소리만이 주변에 머물고 있었다.

"타악!"

주혁은 소리를 내고는 희미하게 웃었다. 연민과 슬픔을 눈에 가득 담은 채로.

                    *   *   *

마지막 회가 방송되고 나서 사람들 사이에서는 많은 이야기가 나왔다. 해피엔딩이 아닐 것이라는 이야기는 널리 퍼져 있어서 충격은 크지 않았지만, 그래도 주인공이 죽었다는 사실을 두고 의견이 분분했다.

하지만 황당한 결말이 아니라 이해할 수 있는 결말이었기 때문에 안타까워할지언정 화를 내거나 어이없어하는 사람은 찾기 어려웠다. 그렇게 새로운 국민 드라마의 자리를 점하고 있었던 추노의 방송은 끝났다.

"형은 괜찮아요? 나는 이런 거 나오는 게 영 체질에 맞지 않더라고요."

추노의 특별 방송을 앞두고 주혁과 이지언이 바로 옆자리에서 이야기를 나누었다. 특별 방송은 생방송으로 진행되었는데, 출연한 주요 캐릭터가 모두 나와 있었다.

이지언은 말로는 떨린다고 했지만, 표정은 전혀 그렇게 보이지 않았다. 약간 긴장은 될 수도 있겠지만, 털털하고 담대한 성격이라 크게 걱정할 필요는 없을 듯했다.

그리고 이런 자리가 처음이라 긴장하는 배우도 있었지만, 같이 촬영했던 십여 명이 넘는 사람이 북적거리고 있어서 이내 진정하는 모습이었다.

다들 말쑥한 복장을 하고 있으니 다소 낯설게도 느껴졌는데, 그만큼 촬영장에서 보았던 이미지가 머릿속에 강렬하게 남아 있어서일 터이다. 그리고 아마 다른 사람들도 자신을 보면서 그런 생각을 하고 있을지도 몰랐다.

"방송 들어가겠습니다."

특별 방송의 진행은 우리나라 최고의 MC라고 할 수 있는 개그맨이 맡았고, 미모의 아나운서가 보조 MC를 보았다. 시청률 50%를 넘은 드라마의 위상을 단적으로 보여주는 모습이었다. 처음에는 가볍게 추노가 어떤 드라마이고 어떤 기록을 세웠는지부터 설명하면서 시작되었다.

"이야, 정말 대단하네요. 어제 방송되었던 24회 시청률이 무려 58.5%. 거의 60%에 육박하는 시청률을 기록했습니다."

MC는 사람들에게 웃으면서 너무한다는 이야기를 했다. 자신이 하고 있는 프로그램은 최고 시청률이 30%도 되지 않는다면서.

"아니, 정말 너무하시네요. 이거 제가 드라마에 대해서 잘은 모르지만, 이런 기록을 세워 놓으시면 다른 분들은 어떻게 합니까. 과연 이 기록이 앞으로 깨질 수 있는 것인지… 저는 힘들 것 같은데요."

그가 너스레를 떨자 출연자들이 가볍게 웃었고, 여자 MC가 이어받아 진행했다.

"시청률 58.5%는 역대 드라마 9위의 기록인데요. 지금까지는 1992년에 방영했던 여명의 눈동자가 58.4%로 9위의 자리를 지키고 있었습니다."

그 위로는 전부 최고 시청률이 60%가 넘는 드라마들이었다. 사실 주혁도 이야기를 듣고서는 우리나라에 이렇게 시청률이 높은 드라마가 많았나 싶었다. 하지만 들어보니 전부 들어봤거나 아주 감명 깊게 본 작품이었다.

특히 모래시계와 허준이 가장 기억에 남는 듯했다. 모래시계는 주혁이 고등학교 1학년 때 했던 작품인데, 정말 미친 듯이 빠져들어서 보았다. 술을 좋아하시던 아버지도 모래시계가 하는 날에는 바로 집에 들어오셨고, 쌍둥이 여동생 둘도 배우들이 멋있다면서 같이 보았었다.

어떻게 보면 모래시계와 추노는 닮은 점이 있었다. 남자들의 진한 이야기였지만, 국민 드라마가 되었다는 점에서 그렇다. 역대 드라마 순위에서 이렇게 강렬한 남자들의 이야기는 모래시계와 추노, 딱 두 작품뿐인 것 같았다.

'귀가시계라고 불리기도 했지. 방송하는 날은 술집도 일찍 닫아버린다고 했고. 식구들이 같이 보던 게 생각나네.'

주혁은 갑자기 예전 생각이 나서 조금 울적한 기분이 되었다. 하지만 방송 중이니 개인적인 감정은 잠시 가슴 깊은 곳에 묻어두어야 했다.

"그리고 평균 시청률에서도 46.5%를 기록해서 역대 순위 6위를 기록했습니다."

시청률이 엄청나게 높다는 건 알고 있었지만, 이 정도까지 높은 순위를 기록했는지 모르고 있었던 사람들은 다들 놀라는 눈치였다. 기록을 구체적으로 이야기해 주니 얼마나 많은 사랑을 받았는지 피부에 와 닿았다.

"그런데 이 작품이 거절을 당한 작품이라면서요?"

MC는 자연스럽게 화제를 돌리면서 PD에게 질문을 던졌다. 확실히 진행이 매끄럽고 자연스러웠다. 생방송이라 부담도 상당히 클 텐데 웃음과 여유를 잃지 않았다.

"사실 액션 사극이라는 장르가 낯설지 않습니까. 그래서 대중적인 성공을 자신할 수는 없는 상황이었죠."

PD는 첫 회 시청률이 20%를 넘었을 때 무언가 터질 것 같다는 생각은 했지만, 설마 50%가 넘으리라고는 예상하지 못했다고 털어놓았다.

"이 작품을 거절한 방송사에서는 조금 안타까울 수도 있겠습니다. PD님께서는 언제 이 드라마가 대박 날 것이라고 느끼셨는지 여쭤봐도 될는지요."

PD는 잠시 웃다가 입을 열었다.

"사실 저는 처음부터 대박이 나리라고 생각하고 있었습니다. 그래도 언제냐고 물으신다면 저는 주연 배우인 강주혁 씨가 캐스팅되고 나서라고 말하고 싶네요."

"아, 역시 흥행 보증수표라는 강주혁 씨군요. 제가 듣기로는 강주혁 씨가 출연한다고 하면 다른 배우들도 관심을 갖는다면서요?"

"그것까지는 제가 잘 모르겠고, 강주혁 씨가 캐스팅되고 난 후에 다른 배우들의 캐스팅이 쉬웠던 건 사실입니다."

출연하는 작품마다 히트를 치고 있으니 그가 출연하는 작품에 출연하고 싶어 하는 배우도 실제로 있었다. 작품성과 흥행성을 잘 알아보는 배우라는 소문이 파다하게 퍼진 상태였으니까. 기왕이면 성공하는 작품에 출연하고 싶은 게 당연하지 않겠는가.

그리고 이 드라마를 거절한 담당자는 조금 곤혹스러운 상황을 맞이해야 했다. 이런 대박 드라마를 알아보지 못했으니 문제가 있다는 지적을 받은 것이다. 하지만 사실 이 드라마가 이렇게까지 대박이 나리라고 누가 알았겠는가. 너무나도 생소해서 누구라도 자신하지 못했을 것이다.

"총 제작비는 100억 원인데 이미 손익분기점을 넘어섰군요. 광고가 전 회 완판된 것은 물론이고 단가도 다른 드라마보다도 높았다고 하는군요. 시청률이 50%가 넘은 드라마이니 당연한 일이겠지요."

MC는 수출에 대해서도 짧게 언급했다.

"드라마가 방송되지도 않았는데 선판매가 된 나라가 5개국이나 되네요. 정말 놀랍습니다."

"그건 강주혁 씨 영향이 컸죠. 그렇죠?"

PD가 주혁을 돌아보면서 물었다. 사람들의 시선이 모두 주혁에게로 향했다.

"저보다는 전에 찍은 전우치가 화제가 되면서 아마도 그 영향이 컸던 것 같습니다. 장르는 약간 다르긴 하지만, 전우

치와 추노는 한국적인 소재를 바탕으로 만들어진 작품이니까
요."

주혁도 자신의 영향이 크다는 건 알고 있었다. 그래서 일본
과 중국은 물론이고, 동남아시아 몇 나라에 선판매가 된 거였
다. 그것도 아주 높은 금액으로. 하지만 대놓고 그리 말할 수
는 없는 일 아닌가. 주혁은 차분하게 이야기를 잘 받아넘겼
다.

주혁의 그런 모습을 MC는 유심히 보았다. 방송을 잘하려
면 출연자들의 특성을 잘 파악해야 한다. 순발력이 좋은지,
예능감은 있는지, 리액션이나 표정은 어떠한지. 그래서 같은
질문이라도 출연자의 특성에 맞게 해야 한다.

순발력이 부족한 사람에게 느닷없이 난처한 질문을 하면
생방송에서는 거의 방송사고 수준의 일이 벌어진다. 녹화 방
송에서야 편집하면 되지만, 생방송에서는 무조건 안전한 방
향으로 진행해야 하는 게 철칙이다.

그렇다고 재미나 흥미를 떨어뜨릴 수는 없는 일. MC는 누
가 어떤 역할을 하면 좋을지 분장실에서부터 꾸준히 살피고
있었다. 그가 점찍은 사람은 두 명. PD와 주혁이었다. 그리고
지금 상황을 보고는 주혁에게는 강도를 조금 높여도 되겠다
고 판단했다.

인상적인 장면을 보여주고 사람들이 잘 몰랐던 촬영 비화

에 관해서도 이야기를 나누었다. 중견 배우들이 걸쭉한 입담으로 분위기를 한껏 끌어 올렸다. 촬영장에 있었던 주혁도 흥미롭다는 생각이 들 정도였으니, 본편만큼 아니더라도 시청률이 제법 나올 것 같았다.

"여기서 인수 군의 이야기를 하지 않을 수가 없겠네요."

인수의 이야기도 시청률에 분명히 도움이 되었다.

"보통은 이런 일이 있으면, 대놓고 알리지는 않아도 기사화하는 게 보통 아닌가요? 혹시 이런 식으로 상황이 흘러갈 것까지 염두에 두신 건가요? 강주혁 씨, 어떻게 생각하십니까."

"그런 것까지 알 수 있다면 그건 사람이 아니겠지요. 촬영장에 있던 사람들이 모두 동의했습니다. 인수 군 이야기는 나중에 지금 같은 특별 방송 같은 데서 밝히자고요."

갑작스러운 관심을 받게 되면 혹시라도 인수에게 문제가 생기지 않을까 해서였다.

"아, 정말 다들 생각이 굉장히 깊으신 것 같습니다. 강주혁 씨는 평소에 기부도 많이 하신다면서요."

"도움이 필요한 곳이 있으면, 사정이 되는 대로 돕고는 있습니다. 물론 제가 모든 사람을 도울 수는 없겠죠. 하지만 모두가 조금만 더 주변을 돌아보고 챙긴다면, 지금보다도 훨씬 좋은 사회가 되리라 생각합니다."

어떻게 보면, 교과서적인 답변이라고 할 수 있는 말이었다. 하지만 듣는 사람이 받아들이는 느낌이 달랐다. 덤덤하게 던지는 주혁이 말이 가슴에 묵직하게 맺혔다. 아마도 진심이라는 게 절절하게 느껴져서 그런 것이리라. 출연자는 물론이고, 두 명의 MC까지 잠시 감동에 젖어 있었다.

"자, 그럼 여러분들이 가장 알고 싶어 하는 질문을 강주혁 씨에게 드리겠습니다. 혹시 사귀는 분은 없으신지……."

MC는 웃으면서 분위기를 환기시키고는 화제 전환을 위해서 질문을 던졌다. 주혁은 이번에도 여유 있는 표정으로 대답했다.

"아직 없습니다. 워낙 바빠서 시간이 없어서 그런 걸지도 모르겠네요. 내일부터는 또 다음 작품 준비 때문에 바쁘거든요."

주혁은 슬쩍 다음 작품 홍보까지 곁들였다. MC는 주혁의 이상형에 대한 이야기와 결혼관 등에 관해서 물어보았다. 주혁은 참한 여자가 이상형이라고 대답했고, 결혼은 30대 중반 정도에 갔으면 좋겠다고 했다. 앞으로도 몇 년간은 작품에 전념하겠다는 이야기였다.

"정말 여자분들이 반할 만하네요. 제가 주혁 씨와 같이 작품을 한 여배우 몇 분에게 질문했는데, 대부분 주혁 씨라면 사귈 의향이 있다고 하더라고요. 물론 누가 그런 대답을 했는지는 비밀입니다."

출연자 일부가 우우 하는 야유를 보냈다. MC는 모른 척하면서 화제를 돌려 다른 사람들에게 질문했다. 이지언은 몸매가 드러난 샤워 장면 이야기와 의리의 사나이라는 점을 말했다. 예전에 폭행 사건 때 주혁을 믿는다고 앞장서서 사람들에게 의리의 사나이로 불렸다.

MC는 프로그램 진행하는 중간중간 모든 사람을 잘 집어넣어서 이야기를 나누었다. 그래서 출연자 모두가 골고루 이야기할 수 있었다. 물론 가장 카메라에 많이 잡힌 건 주혁이었지만. 그리고 NG 장면도 빼놓을 수 없는 재미였다.

화면을 보고 이야기를 듣다 보니 시간이 어떻게 흘렀는지 모르게 방송의 끝자락에 와 있었다. 그만큼 배우 모두 이야기할 거리가 많았던 것이다. 배역 모두가 이 작품을 통해서 새롭게 거듭났다는 생각을 하고 있었으니 그만큼 할 말도, 생각나는 일도 많았던 거였다.

하지만 언제나 마지막은 있는 법. 이제는 출연자 각자가 드라마를 마치면서 가장 인상 깊었던 장면과 소감을 말하는 순서가 되었다.

"저는 우리 주혁이 형, 대길이가 혼자 계란을 먹다가 오열하는 씬이 있거든요. 아우, 저는 집에서 방송을 보다가 울었어요. 정말 그 마음이 전해졌거든요."

주혁의 연기력이 돋보였던 부분이기도 했다. 그리고 사람들이 어떤 장면을 이야기하면 모두가 고개를 끄덕였다. 어디 하나 명장면이 아닌 곳이 없었다. 장면들을 보니 배우들의 열연이 곳곳에서 빛나고 있었다.

방송이 마무리되고 인사를 나누는데 갑자기 허탈한 감정이 가슴으로 격하게 밀려 들어왔다. 전에도 이런 이별을 경험하지 않은 건 아니었지만, 이번은 그 강도가 훨씬 강했다. 본래 사람은 적응력이 좋아서 같은 일을 반복해서 겪다 보면 익숙해진다.

사랑도 상처도 겪을수록 무뎌지는 것이다. 그래서 뭐든지 처음이 가장 강렬한 기억으로 남아 있는 게 아닌가. 하지만 모든 일에는 예외가 있는 법. 주혁은 이번처럼 마음이 텅 빈 것처럼 느껴지는 건 처음이었다.

그리고 그런 생각은 다른 사람들도 마찬가지인 모양이었다. 그만큼 이 작품에 정말 푹 빠져서 살아왔으니까. 정말 그 캐릭터가 되어서 조선 시대 그 인물의 삶을 살았으니까.

주혁은 회식을 마치고 집으로 돌아왔다. 즐겁고 유쾌한 시간이었지만, 그만큼 아쉽기도 한 시간이었다. 하지만 이제는 모두 잊고 새로운 작품을 시작해야 할 시간이었다.

"그래, 끝난 일은 끝난 일. 앞으로 할 일에만 집중하자."

주혁은 새로 할 작품의 시나리오를 읽었다. 작품을 잊기 위해서는 새로운 작품에 집중하는 게 가장 좋은 방법이었다. 사람은 사람으로 잊듯이, 작품은 작품으로 잊는 거였다.

그리고 시나리오를 읽으면서 주혁은 또다시 불타올랐다.

드라마는 대단원의 막을 내렸지만, 주혁이 가지고 있는 연기의 불꽃은 다시 피어올랐다. 그것도 아주 맹렬하고 강한 기세로.

"군더더기가 너무 많아."

이중호 사범은 말이 많은 사람은 아니었다. 그리고 친절하게 설명을 해주는 사람도 아니었다. 그의 입은 꼭 필요하다고 생각되는 순간에 열렸다. 그리고 그가 한 이야기는 무게감이 엄청났다.

지금도 그렇다. 동작을 하다 보니 흥에 취했다. 그래서 폼이 조금 커지고 동작이 유려해졌다. 화려하고 아름다운 무술이 나쁜 것은 아니다. 그것이 다른 사람에게 보이기 위한 것일 때는 그렇다.

하지만 지금 주혁이 배우려고 하는 것은 그런 것이 아니었다.

"죄송합니다. 다시 하겠습니다."

이중호 사범은 엄격한 표정으로 고개를 살짝 끄덕였다. 아무런 말 없이 묵묵히. 그러면서도 뒤돌아서서는 내심 흐뭇한 표정을 지어 보였다. 주혁은 정말 가르치는 맛이 나는 제자였기 때문이었다.

지금 가르치고 있는 필리피노 칼리만 해도 흡수하는 속도가 엄청났다. 정말 유명한 배우만 아니라면 한번 제대로 가르쳐 보고 싶은 녀석이었다. 센스도 좋았지만, 다른 것보다 끈기와 열정이 대단했다.

그리고 간혹 보여주는 살기는 이 녀석이 결코 배우와 같은 평범한 삶만을 살아온 녀석이 아니라는 사실을 보여주고 있었다.

'그런데 이상하단 말이야. 도대체 뭘 했는지 알 수가 없으니…….'

처음에는 그저 괜찮은 녀석이라는 생각을 했던 이중호 사범은 주혁이 갈수록 범상치 않은 모습이 보이자 관심이 생겼다. 그래서 슬쩍 아는 사람에게 강주혁이라는 인물에 대해서 알아봐 달라고 부탁했다.

분명히 무언가가 있다는 생각이 들어서였다. 끈기와 열정이야 성격이라고 할 수 있겠지만, 배우를 하면서는 저런 독기와 센스를 길렀다는 건 말이 되지 않는다. 그래서 분명히 그 전에 어떤 일이 있었으리라 생각했다.

그런데 정말 이상했다. 그의 프로필만 보아서는 지금 이런 실력을 보이는 것을 이해할 수가 없었다. 간혹 타고난 천재도 있기는 했지만, 아무리 봐도 주혁은 그런 과는 아니었다. 다른 사람이야 그걸 구분하지 못할지 몰라도 자신은 아니었다.

자신이 가르친 녀석 중에는 별놈이 다 있었다. 당연히 어떤 스타일인지는 훈련하는 걸 보면 감이 왔다. 주혁은 분명히 꾸준히 갈고닦아서 지금의 실력을 만든 놈이었다. 분명히 센스가 있기는 했지만, 천재들의 번득임이나 재기 넘치는 모습과는 거리가 조금 있었다.

다른 훈련생들은 주혁을 천재라며 부러워했지만, 그건 모르는 소리다. 주혁은 철저하게 노력을 통해서 성장한 케이스다. 물론 이해가 되지는 않았다. 그러기 위해서는 상당한 시간과 노력이 필요할 터인데, 프로필을 봐서는 그럴 만한 구석이 보이지 않았으니까.

'이상하긴 해도 엄청난 놈이긴 해.'

자신의 경험으로 볼 때, 사람은 세 종류로 나뉜다. 배워서 아는 사람, 노력해서 아는 사람, 타고나는 사람. 타고나는 사람은 흔히 천재라고들 한다. 마치 원래 알고 있었다는 듯 모든 걸 흡수하는 사람.

자신이 살아오면서 그런 사람들을 본 건 아주 극소수였다. 그중 하나가 바로 미스터 K였다. 자신이 본 최고의 천재. 거기다가 엄청난 노력에 경험까지 겸비한 최강의 요원이 바로 그였다.

하지만 주혁은 노력형. 노력해서 이루어 나가는 스타일이다. 이런 타입은 경험이 쌓이면 쌓일수록 무섭다. 천재와 비교해도 차이가 없을 정도.

그래서 이상하다는 거였다. 주혁의 성장 과정을 보면, 분명히 아직 그럴 단계가 아닌데 말이다.

하지만 무슨 상관이랴. 사람에게는 누구나 비밀 같은 게 있는 법 아닌가. 그냥 배우를 하기 전에 무언가 특별한 사연이 있었으리라 생각하기로 했다.

"자, 그만하고 대련을 해보지. 박 교관."

"예, 사범님."

이중호 사범은 주혁과 박 교관을 붙였다. 역시나 주혁은 착실하고 안정적으로 움직이면서 상대를 몰아붙였다. 아직은 실전 무술에 대한 이해도나 경험이 조금은 부족했지만, 기본기가 탄탄한 데다 감각이 좋았으니까.

그렇게 주혁을 대견하게 생각하는 만큼 지금 주혁과 상대하는 교관에게 슬그머니 짜증이 치밀어 올랐다. 도대체 뭐하는 놈인지 이해가 되지 않았다. 얼마 연습하지 않은 주혁에게 쩔쩔매고 있는 꼴이라니.

평소에 실력을 키우는 것보다는 잔재주를 부리고 꼼수를 좋아해서 탐탁지 않게 생각하고 있었다. 분명히 실력이 없는 놈은 아니었다. 그런데도 자꾸만 이상한 짓만 해대니 한심하다는 생각밖에 들지 않았다.

그를 남겨두는 이유는 딱 한 가지밖에 없었다. 훈련을 받는 다른 사람들에게 경각심을 일깨워 주기 위함이었다. 저렇게 하면 안 되고, 실력을 키워야 한다는 걸 보여주기 위함이었다. 그런데 저놈은 아주 영악한 놈이었다.

"그만!"

"아니, 사범님. 결판이 나려고 하는데……."

"박 교관, 지금 초심자하고 대결하면서 승부에 연연하는 건가?"

평소라면 아무 소리도 하지 못했을 박 교관이 흥분했는지 말실수를 했다.

"아닙니다, 죄송합니다. 제가 대결에 너무 집중해서 결례를 범했습니다."

그냥 놔두었으면 주혁이 당했을 것이다. 아주 치졸한 수법. 하지만 실전에서야 그런 게 어디 있던가. 당하면 끝장이다. 그래서 일부러 박 교관과 주혁을 붙이는 것이기도 했다.

물론 다른 이유도 있었지만.

이중호 사범은 박 교관이 지금이라도 정신을 차렸으면 좋겠다고 생각하고 있었다. 재능이 있었다. 그런데 지금 저 꼴은 뭐란 말인가. 너무나도 형편없는 수준이라서 보고 있기가 고역일 정도였다.

박 교관은 사도에 빠진 거였다. 그런 수법을 사용하면 처음에는 기분이 좋을지 모른다. 어찌 되었든 간에 상대에게 이기니까. 하지만 그렇게 사도에 발이 빠지면 발전을 할 수가 없다. 다른 사람들이 그 점을 지적했지만, 박 교관은 듣지 않았다.

실제로 승부에서 박 교관의 승률은 높았으니까. 하지만 자신도 한계를 알고 있는지 강한 상대와는 싸우지 않았다. 적당한 상대, 자신이 이길 수 있을 것 같은 상대방하고만 겨루었다.

그래서 이번에는 쓴맛을 제대로 보여줄 작정이었다. 거품은 커지기도 쉽지만 꺼지기는 더 쉬운 법이다. 거품은 터지기만 하면 형체도 없이 사라져 버린다. 그런 상황이 어떤 것인지 몸소 깨닫게 해주리라 생각했다. 바로 주혁의 손을 통해서.

'그래야 세상 무서운 법도 아는 거지. 그나저나 다른 놈들은 왜 그런 걸 이야기하지 않는 거야? 따끔하게 지적을 해주

어야지.'

사실 아는 사람은 알고 있었다. 박 교관의 실력이 어느 정도라는 걸. 하지만 아무도 이야기하지 않았다. 이야기하면 마치 질투해서 그러는 것 같이 보여서 그러는 듯했다.

이중호 사범은 주혁에게 다가가서 물었다.

"방금 뭐가 문제인지 알았나?"

주혁은 바로 대답하지 못했다. 조금 전 상황을 머릿속으로 그려보고 있었기 때문이었다. 그리고 문제점을 찾았다. 상대의 속임수에 깜빡 넘어간 거였다. 아무것도 아닌 눈속임에 현혹된 것이다.

"거기서 굳이 받아치려고 할 이유가 없었군요. 무게 중심도 앞에 두지 말았어야 하고, 차분하게 기다리다가 공격을 했으면 오히려 승기를 잡을 수도 있었겠네요."

이중호 사범은 씨익 웃었다.

그가 보기에 주혁의 최대 강점은 복기를 잘한다는 거였다. 대련을 하고 나서 사람들은 어떤 점이 문제였는지 되짚어본다. 그리고 자신의 단점을 찾아내고 보완한다. 그런데 주혁은 그 점이 아주 탁월했다.

"너같이 복기를 잘하는 놈은 처음 봤다. 그게 머릿속으로 다 그려지냐?"

"예, 저는 다른 건 몰라도 상황을 머리로 그리는 건 아주 잘

되더라고요. 그래서 배우 생활을 하면서도 도움을 많이 받고 있습니다."

"똑똑한 놈이라서 그런가? 정말 특이하구나."

주혁이 이야기하는 걸 보면, 정말 방금 장면이 화면으로 보는 것같이 그려지는 거였다. 그리고 그걸 앞뒤로 돌리기도 하고 멈추어서 살필 수도 있는 듯했다. 그런 게 가능했으면 좋겠다는 생각을 한 적이 있었는데, 정말 그런 능력이 있는 사람이 있을 줄은 몰랐다.

"박 교관하고 대련을 하면 얻을 게 많을 거다. 꼼수 하나는 끝내주는 녀석이니까."

주혁은 이중호 사범의 말투에서 그를 못마땅하게 여기고 있다는 사실을 알 수 있었다. 음색에서 언짢아한다는 투가 묻어 나왔다.

그래서 연습을 마치고 돌아가는 길에 같이 훈련을 받는 다른 사람에게 슬쩍 물어보았다.

비슷한 시기에 들어온 사람이었는데, 주혁의 열렬한 팬이기도 한 남자였다. 나이도 비슷하고 해서 그냥 편하게 말 트고 지내기로 했는데, 주혁의 질문에 아주 자세하게 이야기를 해주었다.

"박 교관? 실력은 형편없지. 움직임 보면 알 수 있을걸?"

그는 박 교관은 다른 사람의 쓸 만한 기술을 이리저리 가져

다가 잘 써먹는 사람이라고 했다. 그래서 속임수에만 넘어가
지 않으면 상대도 되지 않는다고 했다.

"다들 보면서 그런다니까. 우리는 저러지 말자고. 실력이
아주 없는 건 아닌데 왜 그러는지 모르겠어. 그래도 예전에는
꽤 유망했다던데?"

"그런가? 그런데 왜 여기에 계속 두는 거지? 사범님 성격이
라면 당장 내쫓았을 것 같은데."

"그거야 모르지 뭐. 그런데 그 사람 하는 도장은 엄청나게
잘된다더라. 사람들이 굉장한 실력이 있다고 착각하는 거
지."

주혁은 세상에는 별난 사람이 다 있구나 싶었다. 하기야 자
신도 예전에 사기를 당해서 전 재산을 다 날린 적도 있지 않
았던가. 지금 동남아시아에서 제법 자리를 잡아가고 있다는
소식은 들었는데, 조만간 손을 봐줄 생각이었다.

주혁은 왜 자꾸 이중호 사범이 자신과 박 교관의 대련을 붙
이는지 생각해 보았다. 그리고 대충 어떤 생각인지 감이 왔
다. 이중호 사범은 박 교관을 못마땅하게 생각하기는 하지만,
아끼는 마음이 있는 것 같았다.

그래서 주혁을 통해서 가르침을 내려주려는 게 아닌가 싶
었다. 실력을 키워야지 그런 식으로 하다가는 결국 자신을 망
치게 될 거라는 사실을 깨닫도록.

"내가 박 교관을 이길 수 있을까?"

"흠, 아무래도 처음에는 쉽지 않을 것 같은데, 오래 걸리지는 않을 거야. 주혁 씨 실력이 느는 건 옆에서 내가 봐도 무서울 정도니까."

주혁은 지인에게 사기를 당한 이후로 이런 식의 편법으로 세상을 사는 사람들을 광장히 싫어했다. 그리고 정당한 방법이 아니라 다른 사람을 이용해 먹는 그런 사람들이 더 잘사는 그런 현실이 너무 싫었다.

그리고 그런 걸 뻔히 알면서도 외면하면서 살아가는 사람들도 문제가 있다고 생각했다. 나름대로 사정이 있겠지만, 적어도 자신만은 그렇게 살지 않으리라 다짐했다. 그래서 그 엄청난 시간을 참으면서 버틴 것이고, 지금도 이중호 사범의 기대에 부응하리라 생각했다.

그리고 어차피 살상 무술을 제대로 익히리라 마음먹었다. 완전히 몸에 익지 않으면 제대로 된 연기가 나올 수 없다. 기왕 국내에서 마지막 작품이라고 생각하는 영화이니 정말 최선을 다해보리라 다짐했다.

"기왕 할 거, 제대로 해야지."

주혁은 바로 미스터 K에게 연락을 했다.

─대련을 해달라는 말씀이십니까?

"예, 제대로 해보고 싶네요."

—알겠습니다. 체육관으로 오시죠.

주혁이 도착했을 때, 체육관은 전과는 달리 먼지 하나 없이 말끔하게 치워져 있었다.

"바로 시작하시겠습니까?"

"그러죠."

주혁은 옷을 갈아입고 바로 미스터 K와 맞섰다. 그리고 깨달았다. 그래도 제법 배워서 어느 정도는 상대를 할 수 있을 줄 알았다. 하지만 이건 격차가 나도 너무 심하게 났다. 몸에 손을 댈 수도 없었다.

"대련을 하면서는 절대로 봐드리지 않습니다."

"제가 바라는 밥니다아아."

주혁은 대답을 하면서 다시 달려들었다. 빠르고 간결한 움직임이었고, 힘도 충분히 실렸다. 하지만 미스터 K는 여유 있게 받아넘기고는 교묘하게 주혁을 상대했다. 정말 옴짝달싹하지 못하고 패했다.

"세상에는 실력자가 많습니다. 주혁 씨가 일반인 중에서는 독보적인 실력을 가지고 있지만, 정말 프로들에 비하면 하늘과 땅 차이입니다. 물론 주혁 씨가 그 정도 실력을 갖출 필요는 없지만 말이죠."

주혁은 숨을 헐떡이면서 고개를 끄덕였다. 전에 공포의 외인구단을 하면서 감독이 한 이야기가 떠올랐다.

'여기서야 엄청난 것처럼 보이겠지만, 프로에 가면 1군에는 가지도 못하겠지. 지금 실력으로는 말이야. 물론 가능성이 있기는 하지만 말이야.'

주혁의 위치를 정확하게 집어내는 말이었다. 일반인보다는 월등하지만, 프로에 비하면 손색이 있는 상태.

어차피 프로 중의 프로인 미스터 K를 이길 정도를 바라지는 않았다. 하지만 적어도 잠시나마 버틸 수 있을 정도는 실력을 키우고 싶었다. 그런 의향을 보이고 미스터 K에게 가능하겠냐고 물었다. 그는 단순히 실력을 높이는 정도라면 가능하다고 이야기했다.

"그렇게 되시기를 정말 바라십니까?"

미스터 K는 지그시 미소 지으면서 말했는데, 주혁은 어쩐지 서늘한 느낌이 들었다. 그 후로 주혁의 실력은 나날이 늘었지만, 그의 얼굴에는 평상시에는 좀처럼 보기 어려운 다크서클이 생겼다.

*   *   *

"자네 혹시……."

"예?"

주혁의 얼굴을 본 기재원 대표는 걱정스러운 표정으로 말했다.

"요즘 밤에 야동 보나?"

주혁은 마시던 커피를 내뿜었다. 공중으로 날아올랐던 커피는 테이블과 소파에 착륙했고, 주혁은 멋쩍은 표정으로 뒷정리를 했다.

"아니, 뜬금없이 그게 무슨 말씀이세요."

"커험. 아니, 그렇게 힘든 촬영 일정을 다녀도 멀쩡하던 사람이 갑자기 다크서클이 생겼으니 하는 말이지."

주혁은 고개를 설레설레 저었다.

"요즘 훈련받는 게 워낙 힘들어서 그런가 봐요. 공포의 외인구단 때 받았던 거는 애들 장난이라니까요."

"아무튼, 자네도 이제 좀 사람같이 보이네. 그동안은 무슨 로봇 같았거든. 뭘 해도 지치는 기색이 없었으니까 말이야."

주혁은 피식 웃었다. 하긴 생각해 보면 그동안에는 정말 힘들거나 지친 적이 거의 없었던 것 같았다. 그러니 기재원 대표가 그리 생각한 것도 이해는 되었다.

정리가 모두 끝나자 둘은 잠시 회사 이야기를 나누었다.

"미래 컨소시엄의 대표는 바사드 투자회사의 대표가 맡기로 했어. 물론 실질적인 업무는 나하고 김중택 대표가 진행하고."

그동안 후려쳐서 먹겠다는 생각을 가지고 있던 MH 그룹에서 미래 컨소시엄이 끼어들자 급해진 모양이었다. 다양한 방식으로 압력을 넣어왔다. 그래서 원래는 둘이 컨소시엄의 공동 대표를 맡으려고 했었는데, 바꾼 거였다.

"그런가요? 혹시 무슨 문제라도 생기는 건 아니겠죠?

"그럴까 봐 투자회사 쪽에서 대표를 하는 거잖아."

제아무리 위세를 떨치고 있는 MH 그룹이라 할지라도 영향력은 국내에 한정되어 있다. 기재원 대표나 김중택 대표야 어떤 식으로든 압박할 수 있겠지만, 바사드 투자회사의 대표에게는 씨알도 먹히지 않을 일이다.

"하기야 눈 하나 깜빡이지도 않겠죠."

"그러니 아마도 미래 컨소시엄이 회사들을 차지하게 될 확률이 높아."

조건도 더 좋고, 명분도 가지고 있다. 유일한 약점이라고 할 수 있는 외국계 자본이라는 점도 아토 엔터테인먼트와 넥스트와 손을 잡으면서 해결했다. 딴죽을 걸 만한 게 없으니 MH 쪽에서도 아주 난감할 것이다.

"그러면 앞으로 어떻게 할 건지는 생각해 보셨고요?

"케이블은 공중파와는 다르니까 색깔 있는 작품으로 승부를 해야겠지?"

기재원 대표는 최근에 김중택 대표와 자주 만나서 그 이야기를 나눈다고 했다. 아무래도 공중파에서는 할 수 없는 그런 작품들을 선보일 생각이었다.

"아무래도 제약이 없으니까 재미있는 작품을 많이 해볼 수 있을 것 같아. 투자회사에서 자금적인 지원도 어느 정도 할 수 있다고 했고."

기재원 대표는 바사드 투자회사에서 굉장히 적극적이라면서 상당히 즐거워했다. 드라마 제작자들을 만났었는데, 그동안 쌓인 불만이 상당했다. 제작자로서 하고 싶은 건 많았는데, 할 수 있는 건 별로 없었으니까.

"표현의 자유를 지나치게 막고 있다는 생각은 늘 하고 있다더라고. 뭘 좀 해보려고 하면 전부 걸리니까 사랑 얘기밖에는 만들 게 없다는 거야."

그런데 이번에 케이블 방송이 좀 활성화가 되면, 지금까지 없었던 콘셉트의 작품을 시도해 보리라 생각하는 사람이 제법 있었다.

"저도 새로운 작품들이 나오는 건 환영이에요. 사실 미드에 비해서 소재가 많이 한정적인 건 사실이잖아요."

사실 자국에서 만든 콘텐츠로 방송 시간을 전부 채우는 나라는 얼마 없다. 실질적으로 미국과 일본, 그리고 한국. 이렇게 3개국만이 그렇다고 보아도 무방했다. 영국도 미국의 콘텐츠를 많이 수입하니까.

그러니 얼마나 좋은 일인가. 제대로 만들기만 하면 팔 수 있는 곳이 널려 있다. 특히나 아시아권에서는 한국 드라마의 인기가 얼마나 좋은가. 하지만 이제 그것도 조금씩 시들해질 때가 되었다.

비슷비슷한 드라마를 누가 계속 보려 하겠는가. 자꾸 새롭고 신선한 걸 찾게 된다. 그러니 이제는 무언가 새로운 시도를 할 타이밍이었다. 하지만 제도권에서는 그럴 수가 없다. 그래서 주혁은 케이블 방송이 대안이라고 생각했고, 그렇게 되리라 여겼다.

"이제 우리나라에서도 타임 슬립이나 뱀파이어 같은 소재도 드라마로 만들어야죠. 뭐, 하루가 반복되는 이야기도 괜찮겠네요."

"그런 이야기로 재미있게만 만든다면야 사람들이 더 좋아하겠지."

주혁은 슬쩍 하루가 반복되는 이야기를 꺼내보았는데, 기재원 대표는 그저 신기한 내용의 소재로만 생각했다. 하기야 어느 누가 그런 것이 가능하리라 생각이나 하겠는가. 주혁은 잠시 이야기를 더 하다가 시간을 확인하고는 자리에서 일어섰다.

"저는 이만 일어나야겠네요. 하아, 저는 또 죽으러 갑니다."

"열심히 하는 건 좋은데, 몸은 상하지 않게 조심하라고."

기재원 대표가 웃으면서 주혁을 배웅했다. 주혁은 어두운 표정으로 미스터 K가 기다리고 있는 체육관으로 향했다.

*　　　*　　　*

　주혁은 이중호 사범의 도장으로 향하면서 미스터 K에게 받았던 레슨을 떠올렸다.

　"단련이나 수양을 목적으로 하는 무술과 살상을 목적으로 하는 무술은 근본부터 다릅니다. 살상 무술은 적을 제압하고 해치우기 위해서 온갖 속임수가 난무합니다."

　미스터 K는 주혁과 대련을 하다가 물었다. 지금 자신의 문제점이 무엇인지 아느냐고. 주혁은 바로 대답하지 못했다. 어떤 점이 문제인지 정확하게 파악하고 있지 못해서였다. 미스터 K의 말은 딱 한마디였다.

　"너무 정직합니다. 패턴이나 호흡이 일정해서 상대방이 파악하기 쉽습니다."

　그제야 주혁은 왜 자신의 공격은 모조리 막히고, 미스터 K의 공격은 막기 어려운지 깨달았다. 상대방을 편하게 해주어서는 절대로 상대를 제압할 수 없다. 상대가 예측하지 못한 수법, 상대를 속이고 헷갈리게 만들어야 했다.

"병은 궤도다. 손자병법에 있는 말입니다. 병법의 기본은 적을 속인다는 거지요. 똑같습니다. 적을 속이고 잘못된 판단을 하도록 만들수록 자신이 유리해지는 법입니다."

미스터 K는 그런 예를 주혁의 몸에 직접 새겨주었다. 가슴과 허리, 다리 등 멍들지 않은 곳이 없을 지경이었다. 그렇게 몸에 새겨진 교훈은 주혁을 빠르게 발전시켰다.

"그렇다고 속임수에 너무 빠져들면 안 됩니다. 혹시 바둑 둘 줄 아십니까?"

"예, 잘은 두지 못하지만 조금은……."

미스터 K는 바둑에 비유해서 설명했다. 꼼수는 통하기만 하면 큰 이득을 취할 수 있는 수법이다. 그래서 하수들을 상대할 때는 아주 좋다. 하지만 상대가 제대로 대처한다면 오히려 자신이 큰 손해를 본다.

그래서 꼼수에 맛을 들이면 실력이 늘지 않는 거라고 했다. 고수가 되려면 그런 꼼수도 모두 알아야 한다. 그리고 그걸 응징하는 방법도. 그리고 꼼수가 통하는 수준을 넘어서면, 그 때부터가 진짜 실력이라고 했다.

"그 수준부터가 고수라고 생각하시면 됩니다."

"그러면 제가 이야기한 박 교관은 어느 정도 수준인가요?"

"듣기만 해서는 정확하게 파악할 수는 없지만, 고수는 아닙니다."

미스터 K는 막 고수로 넘어가는 문턱에서 좋지 않은 버릇이 든 것 같다고 이야기했다.

"아마도 그래서 예전보다 실력은 오히려 퇴보했을 겁니다. 실력은 멈추어 있는 법이 없으니까요."

그러면서 프로들이 괜히 매일 많은 시간을 들여서 단련하는 게 아니라고 했다. 매일 그렇게 하지 않으면 바로 티가 난다면서.

"하루 훈련을 하지 않으면 내가 알고, 한 주 훈련하지 않으면 동료가 알고, 한 달 훈련하지 않으면 적이 알게 됩니다."

미스터 K는 한국에 돌아온 이후에도 하루에 다섯 시간 이상 훈련을 해왔다고 했다. 시간이 조금 줄어든 적은 있었지만, 하루도 빠진 적은 없다고 했다. 그래서 주혁에게 적어도 영화를 찍는 동안만이라도 쉬지 말라고 했다. 그래야 제대로 된 실력을 갖출 수 있다면서.

그렇게 상념에 빠져 있던 주혁은 장백이의 목소리에 현실로 돌아왔다.

"형님, 도착했습니다. 그런데 저도 들어가 봐도 될까요?"

"너도? 사범님이 괜찮다고 하시면 나는 상관없지. 윤미도 없으니까 혼자 여기 있으려면 심심할 테니까 한번 여쭤봐."

윤미는 주혁에 맞는 옷과 소품을 사러 가서 오늘은 동행하지 않았다.

"그럼 사범님께 인사도 드릴 겸해서 저도 들어가겠습니다."

그렇게 주혁과 장백이는 안으로 들어갔다. 뜻밖에도 안에는 장백이를 아는 사람이 제법 있었다. 주혁은 조금 놀랐다. 말로는 항상 날리던 사람이라고 했지만, 이렇게 유명한 인사라는 걸 보기는 처음이었다.

그리고 이중호 사범도 반가운 얼굴로 장백이를 맞이했다. 표정만 보아도 상당히 그를 아끼고 있다는 걸 알 수 있을 정도였다. 그 모습을 본 주혁은 언제 장백이와도 대련을 해보고 싶다는 생각이 들었다.

"자, 그럼 시작하지."

주혁은 바로 훈련에 돌입했다. 그리고 주혁의 모습을 본 이중호 사범의 고개가 살짝 위아래로 움직였다. 그동안 무슨 일이 있었는지 모르겠지만, 확실히 좋아졌기 때문이었다.

예전처럼 수련용 무술과 실전 무술이 어중간하게 뒤섞인 게 아니었다. 간결하고 힘이 있는 건 똑같았지만, 독기가 제대로 묻어나고 있었다. 그리고 무엇보다도 변칙에 능해졌다. 종잡을 수 없는 움직임도 아주 인상적이었고.

이중호 사범은 주변을 살폈다. 그리고 어떤 녀석들이 이런 변화를 눈치챘는지 살폈다. 역시나 자신이 가능성 있게 본 녀석들의 눈빛이 조금 달라졌다. 그리고 평소에 눈여겨보지 않았던 녀석 중에서도 두어 명 그런 녀석이 보였다.

'눈이 먼저 열리는 법이지.'

눈이 열렸다는 건 첫발을 내디뎠다는 것이다. 눈이 열리지 않고서는 그 경지로 올라갈 수 없다. 뭐가 어떤 건지 알지도 못하면서 어떻게 경지에 오를 수 있겠는가. 물론 눈이 열렸다고 모두가 경지에 오르는 건 아니었다. 재능과 노력이 뒷받침되어야 했다.

'역시나 저 녀석은 알아보지 못한 건가?'

박 교관은 주혁의 모습을 보고도 아무런 변화가 없었다. 예전에는 누구보다도 총기가 넘치던 녀석이 어쩌다가 저렇게 되었는지 모를 일이다.

'가만. 오늘은 승부가 재미있겠는걸?'

이중호 사범은 주혁의 몸이 풀릴 정도까지만 놔두고 다가가서 물었다.

"그사이에 무슨 훈련이라도 한 겐가?"

"미스터 K에게 조금 봐달라고 해서 레슨을 받았습니다."

"그 친구에게? 어쩐지 움직임에 독이 있더니만. 오늘 승부는 아주 재미있겠구만."

이중호 사범은 평소같이 박 교관을 불렀다. 그리고 대련을 지시했다.

"시작해."

박 교관은 평소와 다름없는 표정으로 움직였다. 그런데 조금 이상하다는 느낌을 받았다. 평소에도 주혁은 쉬운 상대가 아니었다. 기본기도 탄탄했고, 힘과 스피드도 좋았다. 하지만 불편하지는 않았다. 대처하기가 비교적 쉬웠다.

그래서 중반 이후가 되면 자신의 페이스로 끌어들이다가 허초를 날려서 승기를 잡곤 했다. 그런데 지금은 달랐다. 굉장히 불편했다.

'뭐지? 왜 이렇지?'

박 교관은 왜 그런지 언뜻 떠오르지가 않았다. 상대가 거세게 공격해 오는 것도 아닌데 굉장히 방어가 힘들었다. 그러니 자신이 공격하기도 쉽지 않았고, 자신의 페이스로 끌어들이는 것도 불가능했다.

'이건 이중호 사범님이나 이 도장의 고수들을 상대할 때 받는 느낌인데⋯⋯.'

박 교관은 이해할 수가 없었다. 배우였다. 액션 배우. 그런 사람이 자신을 궁지로 몰아붙이고 있다는 사실을 믿을 수도 없었고, 인정할 수도 없었다.

하지만 그런 생각과는 달리 계속되는 열세를 만회할 방법이 보이지 않았다.

"타핫~"

크게 기합을 지르면서 박 교관은 상대의 얼굴을 향해서 손을 뻗었다. 빠르고 힘이 들어간 것 같았지만, 사실은 제대로 된 공격은 아니었다. 상대가 방어하기 위해서 손을 들면 그 손을 잡고 연계 기술을 펼칠 생각이었다.

'소리만 컸지 힘은 없다. 눈은 공격 지점이 아니라 내 손을 보고 있어.'

주혁은 속으로 쾌재를 불렀다. 미스터 K에게 하도 당해서 이제는 이런 속임수는 장난처럼 보였다. 주혁은 팔을 드는 척만 했다. 역시나 공격이 목적이 아니었던 박 교관은 대뜸 팔을 잡으려고 손을 뻗어왔다.

하지만 주혁은 오히려 안으로 파고들면서 명치를 손바닥으로 짧게 끊어 쳤다. 제대로 맞았으면 제자리에 쓰러져서 일어나지 못할 정도의 공격. 하지만 썩어도 준치라더니 박 교관은 몸을 틀어서 급소를 피했다. 그러나 갈비뼈가 욱신거릴 정도로 강한 충격을 받았다.

망신을 당했다고 생각해서인지 박 교관의 눈빛이 조금 달라졌다. 그동안 잘 보이지 않았던 날카로움과 독기가 스멀스멀 피어올랐다.

"지금부터가 재미있겠어. 이제 시작이구만."

이중호 사범이 눈빛을 빛내면서 중얼거렸다.

　독을 품은 박 교관은 이전과는 조금 달랐다. 확실히 기세가 사납고 거칠어졌다. 하지만 아주 잠깐이었다. 그런 기세가 오래 유지되지는 못했다.

　처음에는 주혁을 잠깐이나마 밀어붙이는 듯했다. 하지만 주혁은 당황하거나 흔들리지 않았다. 그보다 훨씬 강자와의 연습을 통해서 거듭났기 때문이었다. 맹공을 잘 견디고 나자 오히려 상대의 페이스가 급격하게 떨어졌다.

　그 이후로는 볼 것도 없는 대련이었다. 경험이 많아서 용케 치명상을 피하고 있을 뿐이지, 계속해서 얻어맞고 있었다. 주혁은 이 정도에서 스스로 포기하기를 바랐다. 계속할수록 비참해지는 건 상대방이었으니까.

　하지만 박 교관의 눈빛은 여전히 이글거렸다. 결코 이 상황을 받아들일 수 없다는 듯이. 그래서 주혁은 더욱 거세게 몰아붙였다. 최선을 다해서 상대방을 쓰러뜨리는 것이 모두를 위한 길이라고 생각하면서.

　퍼억!

　주혁의 팔꿈치가 박 교관의 어깨를 찍었다. 원래대로 턱을 때렸으면 꼴사납게 자리에 쓰러졌을 것이다. 박 교관이 반사적으로 고개를 젖혀서 치명상은 피했지만, 그것으로 사실상 승부는 갈린 것이나 마찬가지였다.

주혁은 망설이지 않고 달려들어서 팔을 꺾었다.

이미 피할 힘도 정신도 없는 상태였던 박 교관은 무기력하게 바닥에 쓰러졌고, 주혁에게 완벽하게 제압당했다.

"그만!"

이중호 사범의 낮고 위엄 있는 목소리가 울렸다.

대부분 주혁이 단기간에 급성장한 걸 놀라워했다. 박 교관이 문제가 있기는 했지만, 일반인이 그를 제압하기란 결코 쉬운 일이 아니었으니까.

"진짜배기였네."

누군가의 목소리가 들렸다.

처음에 배우가 이 도장에 왔다면서 다소 비웃는 사람도 있었다.

하지만 주혁이 보여준 모습은 그들의 시선을 바꾸기에 충분했다. 그만큼 열심히 했고, 그 결과를 자신들에게 보여주었으니까.

이 정도면 자신들의 동료라고 생각할 수 있었다. 이 길을 걷는 사람들끼리 갖는 동질감 같은 게 있다. 거친 사내들끼리만 공유할 수 있는 그런 느낌과 감정.

그들은 따뜻한 시선으로 주혁을 바라보면서 손뼉을 쳤다.

이중호 사범은 아주 만족스러운 표정이었다. 주혁의 성장이 기특했다. 노력파라고는 하지만, 이 정도까지 빠르게 성장하리라고는 생각지 못했었다. 얼마나 집중하고 열심히 했는지 보이는 것 같아서 흐뭇했다.

가르치는 입장에서 이렇게 열심히 하는 제자가 왜 예뻐 보이지 않겠는가. 그리고 지금 박 교관의 표정도 그를 흡족하게 했다. 바닥에 털썩 주저앉아 있는 박 교관은 아주 복잡 미묘한 표정이었다.

'멍청한 놈은 아니니 자신이 왜 졌는지 모를 리 없겠지.'

회한에 찬 표정이었다.

그동안 자신이 잘못된 길을 걸어왔다는 걸 이야기해 주는 사람들이 있었다. 하지만 자신은 그걸 받아들이지 않았다. 자신의 방식으로도 얼마든지 성적을 냈고, 그것으로 충분하다고 여겼으니까.

그래서 주혁과의 대련도 은근히 즐겼다. 유명한 배우에게 가르침을 주었다는 사실이 자신의 명예나 도장의 운영에 도움이 될 테니까. 그리고 이런 유명인을 쓰러뜨린다는 점도 묘한 쾌감이 있었다.

하지만 자신이 이렇게 바닥에 눕게 되리라고는 생각지도 않았다. 그리고 그동안 알면서도 인정하지 않았던 사실을 이제는 인정할 수밖에 없었다. 자신이 걸어온 길은 잘못된 길이라는 사실을.

오히려 인정하고 나니 마음이 편했다. 그동안은 명예를 얻고 도장이 잘될수록 불안했다. 인정하지는 않았지만, 모래 위에 지은 집이라는 사실을 자신도 알고 있었으니까. 그래서 불안할수록 더욱 자신의 방식이 옳다고 고집했다. 그러지 않으면 견딜 수가 없었으니까.

"이제 좀 깨달아지는 게 있냐?"

박 교관은 자신에게 말을 하는 이중호 사범을 보면서 웃었다.

언제부턴가 마주하기 싫었던 스승이다. 자신을 못마땅하게 생각하고 꾸짖기만 한다고 생각했으니까.

하지만 이제는 알 수 있었다. 스승이 자신에게 왜 그런지를 인정하기 싫었을 뿐이지 자신도 잘 알고 있었던 것이다.

"다시 시작할 수 있을까요, 스승님?"

"늦은 때라는 건 없다. 늦었다고 생각하는 마음만 있을 뿐이다."

이중호 사범은 손을 내밀었고, 박 교관은 그 손을 잡고 벌떡 일어섰다. 그건 앞으로 일어날 일을 단적으로 보여주는 모습이었다. 쓰러진 박 교관이 이중호 사범의 수련을 받고 다시 일어서게 되리라는 사실을.

"자네는 맨손 무술은 지금처럼 수련하고, 이제부터는 단검술을 배워야지."

이중호 사범은 지금부터가 진짜라며 주혁에게 방심하지 말라고 했다. 하지만 이내 그럴 필요가 없다는 사실을 깨달았다. 주혁은 전혀 흐트러진 모습을 보이지 않았으니까.

이중호 사범은 참 가르치기 편한 녀석이라고 생각하면서 수업을 시작했다.

"기본적인 자세는 이미 알고 있을 테니, 이제 연습하는 방법을 알려주지."

이중호 사범은 맨손 기술을 알려줄 때와는 분위기 자체가 달랐다. 비록 날이 서 있지 않은 연습용 칼이었지만, 무기를 사용하는 자리다. 그래서 평소에도 단검술을 가르칠 때는 굉장히 엄격한 태도로 가르침을 주었고, 잠시의 한눈도 용납하지 않았다.

그런데 가르치면서 이중호 사범은 정말 감탄했다. 사람의 집중력이라는 게 한계가 있는 법이다. 자신도 계속해서 집중하라고 말은 하지만, 그 집중력이라는 게 계속 유지할 수 없는 거라는 건 잘 알고 있었다.

그런데 주혁은 아니었다. 정말 고도의 집중력을 계속해서 유지했다. 저런 능력은 자신도 좀 배우고 싶었다.

'도대체 얼마나 독종이기에 이럴 수 있는 거지?'

벽을 넘으려면 자신을 한계까지 밀어붙여야 한다. 정말 한계라고 생각했던 부분을 뛰어넘었을 때, 새로운 경지로 들어서는 것이다. 그런데 그게 말은 쉽지만, 실제로는 굉장히 어려운 일이다.

아침에 잠자리에서 일어나는 일도 어디 쉬운 일이던가. 그런데 자신을 한계까지 몰아붙이고, 정말 당장 앉아서 쉬고 그냥 포기하고 싶을 순간에 힘을 짜내서 그걸 뛰어넘는다? 아마 그런 경험을 실제로 겪은 사람은 별로 없을 것이다.

그런데 주혁은 그 벽을 한두 번 넘은 게 아닌 것으로 보였다. 그래서 노력형이면서도 다른 사람들이 보기에는 천재처럼 보이는 거였다. 벽을 계속 넘어서 이제는 천재와 노력파의 구분이 모호해진 경지까지 다다른 것이다.

다른 건 몰라도 적어도 그런 부분은 자신도 경의를 보내고 싶었다. 그리고 맨손 격투 실력도 금방 전문가의 수준에 근접한 것처럼, 단검술도 프로의 수준에 근접하기까지 그리 오랜 시간이 걸리지 않을 거라는 걸 알 수 있었다.

*   *   *

주혁은 단검술도 미스터 K의 가르침을 받았다. 역시나 명불허전. 맨손으로 상대할 때보다도 훨씬 어려웠다. 정말 칼을 손에 쥔 미스터 K의 전투력은 맨손일 때의 수십 배는 될 듯했다. 정말 수십 명이 있어도 그를 막을 수 없을 듯했다.

"치명적인 부위가 어디인지 알고 있어야 합니다."

당연한 말이었다. 그래야 공격할 때 그곳을 공격하고, 방어할 때는 그 부위를 조심할 것 아닌가. 그런데 그게 말처럼 간단한 건 아니었다. 단검술은 맨손 무술 실력도 필요했다. 그래서 맨손 무술을 먼저 하고 그다음에 단검술을 하는 거였다.

칼로 바로 치명상을 줄 수 있으면 좋지만, 대부분은 그렇지 못한 경우가 많다. 그래서 맨손 무술과 단검술을 적절히 사용해서 상대를 무력화시키는 방법을 배웠다. 두 사람의 가르침은 미묘한 차이가 있었다.

"당연합니다. 살아온 세계가 다르니까요."

미스터 K는 자신의 기술이 더 실전적이고 치명적인 건 실전을 통해서 다듬어진 것이라서 그렇다고 했다. 이중호 사범도 그런 경험이 있다고는 해도, 미스터 K만큼 수많은 사람을 제거하면서 살아오지는 않았으니까.

"정말 미스터 K가 아끼는 무술을 보고 싶군요. 지금 이것보다 더 치명적이고 실전적인 건 어떤 건지 궁금해서요."

미스터 K는 고개를 저었다. 보여줄 수는 있지만, 그러지 않는 편이 좋을 것 같다고 했다. 그게 다 주혁이 너무 총명해서였다.

"아마 한 번 보면 분명히 기억했다가 쓸 것 같아서 거절하겠습니다. 공연히 위험을 자초할 필요는 없지요."

주혁은 아쉬웠지만, 그 이상 강요할 수는 없었다. 그리고 그것이 자신을 위해서 그러는 것이니 호기심은 접어두어야 했다.

수련은 정말 힘들었지만, 실력이 나날이 늘어가는 걸 느끼면서 하루하루 만족했다. 그리고 집에 오면 바로 쓰러져서 잠이 들었다. 오늘도 마찬가지였다. 따뜻한 물에 샤워를 하고 나니 졸음이 쏟아졌다.

정말 하루하루 체력이나 정신력을 모두 탈진할 때까지 사용하는 생활은 인간이 할 짓이 못 되었다. 그런 걸 계속 참으면서 하고 있는 자신이 정말 용하다고 생각될 지경이었다. 그런데 막 잠자리에 엎어졌을 때, 상자의 목소리가 들렸다.

[축하하네.]

[축하? 갑자기 그게 무슨 소리지?]

[생각보다 기간을 많이 단축했군. 단계를 하나 올라섰네.]

주혁은 깜짝 놀라서 졸음이 확 달아났다. 그는 곧바로 자리에 앉아서 상자와 대화를 나누었다. 이제 드디어 다른 상자의 주인에 대한 정보를 알 수 있다고 생각하니 졸음 따위는 저 멀리 날아가 버렸다.

[그러면 다른 상자의 주인에 대해서도 알 수 있겠네?]

[물론이다. 단계가 올랐으니 그에 대한 정보도 당연히 알

수 있지.]

유일하게 꺼림칙하게 생각하고 있었던 것이 다른 상자의 주인이다. 자신을 위협할 건 그것밖에 없었으니까. 그리고 연기를 제외하고는 특별한 욕심이 없는 주혁이었지만, 다른 상자를 가졌으면 좋겠다는 생각은 있었다.

지금도 이렇게 대단한데 다른 상자까지 합쳐진다면 얼마나 놀라운 능력을 가질 수 있겠는가. 호기심도 생겼고, 상자를 모두 갖고 싶다는 욕망도 있었다.

[그럼 다른 상자의 주인에 대해서 알려줘.]

[일단 다른 상자의 주인은 두 명이다.]

[두 명? 세 명이 아니라 두 명?]

[그래, 두 명. 한 명은 두 개의 상자가 합쳐진 업그레이드된 상자를 가지고 있다.]

주혁은 잠시 멍한 상태가 되었다. 지금까지는 세 명이 있으리라고 생각했다. 자신처럼 두 개가 합쳐진 업그레이드된 상자를 가지고 있는 사람이 또 있으리라고는 생각지 못했던 것이다.

[조금 더 이야기를 해줘. 그 상자의 주인이 나의 존재를 알고 있나?]

[한 명은 모를 것이다. 하지만 다른 한 명은 알고 있을 수도 있다.]

[있을 수도 있다는 또 뭐야? 기면 기고 아니면 아닌 거지.]

분명히 알고 있다면, 업그레이드된 상자를 가진 사람이 자신을 알고 있을 것이다. 그렇다면 굉장한 위협 아닌가.

[잘 알겠지만, 상자마다 능력이 다르다. 두 명 모두 다른 상자나 상자의 주인을 찾는 능력은 가지고 있지 않다.]

[그렇다면 어떻게 나를 찾을 수 있지? 그런 능력이 없다면, 찾을 수가 없잖아.]

[업그레이드된 상자가 가진 능력 중 하나가 동전이 사용되면 그것을 추적할 수 있는 능력이다. 다만 그걸 확인하기 위해서는 굉장히 근접해 있어야 한다.]

[근접해 있어야 한다는 게 어느 정도를 말하는 거지?]

[눈으로 확인할 수 있어야 한다.]

주혁은 고개를 갸웃거렸다. 쉽게 정리가 되지 않았다.

[지금 상자의 주인이 어디에 있는지는 알 수 있나?]

[대략적인 위치는 말해줄 수 있다. 자세한 위치를 알려고 하면 시간이 걸리는데, 그사이에 그 상대가 움직일 수도 있으니 권하고 싶지는 않군.]

[일단 지금 어디에 있는지만 말해줘.]

[내가 지금까지 확보한 지리적 위치로 계산해 볼 때, 현재 둘 다 미국에 있다. 조금 더 자세한 위치를 원하나? 인간들이 흔히 이야기하는 주 단위까지는 이야기해 줄 수 있을 것 같다.]

주혁은 잠시 생각에 빠졌다. 지금 둘 다 미국에 있다. 그렇다면 자신을 모르고 있을 가능성도 있었다.

[혹시 업그레이드된 상자의 주인이 나를 모를 수도 있지 않을까?]

[그럴 가능성도 있다. 다만 그 업그레이드된 상자는 동전이 사용되면 그 사실을 알 수 있다. 그러니 알고 있을 가능성도 있다.]

주혁의 머릿속이 복잡해졌다. 그는 일단 정보를 더 알아내고 정리는 나중에 하기로 마음먹었다.

[상자의 주인에 대한 정보는 더 없나?]

[한 명은 낮은 레벨이고, 업그레이드된 상자의 주인은 같은 레벨이다.]

일단 마음이 조금 놓였다. 혹시나 훨씬 높은 레벨에 있으면 어쩌나 했는데, 다행스럽게도 그렇지는 않았다.

[같은 레벨이라면 육체적이나 정신적인 능력이 비슷하다는 말이겠지?]

[반드시 그렇지는 않다. 개인적인 차이도 있고, 인간은 시간의 제약을 받기 때문이다.]

상자의 주인은 보통 사람보다는 노화되는 속도가 조금 느리다고 했다. 하지만 아주 약간이지 수백 살까지 살 수 있는 그런 건 아니라고 했다. 그저 자기 나이보다는 젊어 보이고 모든 기능도 왕성한 편이라는 거였다.

그래도 나이를 먹는 건 어쩔 수 없는 법. 제아무리 상자의 주인이라고 해도 노인이면 육체적 능력은 보통 젊은이보다 떨어지는 게 당연한 일이라는 거였다. 같은 나이의 노인보다야 훨씬 정정해 보이겠지만.

주혁은 시간 가는 줄 모르고 여러 가지 질문을 던졌다. 그리고 지금까지 알지 못했던 많은 것을 알아낼 수 있었다.

CHAPTER **49**
아저씨

"형님, 정말 대단하십니다."

"뭐가?"

"일반인이 사범님의 도장에 있는 사람을 이기는 건 정말 어려운 일입니다."

장백이는 며칠이 지났는데도 계속 그 이야기를 했다. 정말 놀랍다면서.

"너랑 대련을 하면 어떻게 될까?"

"글쎄요. 아마 쉽게 승부가 나지는 않을 것 같은데, 아직은 제가 좀 앞서는 것 같습니다."

윤미는 장백의 실력이 믿기지 않는지 피식 웃었다. 아마도 장백이 몸은 건장하지만, 평소에 조금 웃기고 편하게 대해서 그리 생각하는 모양이었다. 주혁도 실제로 장백의 실력을 보지는 못했지만, 이중호 사범이나 다른 사람들의 반응을 봤을 때는 실력이 보통은 아닐 듯했다.

주혁은 호승심이 잠시 일었지만, 대련은 나중으로 미루기로 했다. 지금은 그런 게 중요한 것이 아니었다. 이제 본격적인 영화 준비에 들어갔기 때문이었다.

지금도 무술감독을 만나러 가는 길이었다. 준비할 것도 있고, 주혁의 준비 상태가 궁금하다고 해서였다.

주혁은 상자에게서 얻은 정보가 제한적이라는 게 아쉬웠다. 레벨이 올라서 많은 정보를 들을 수 있었지만, 모든 정보를 알 수는 없었다.

'아쉽네. 단서가 제한적이니까 뭘 조사해도 확실하지가 않아. 그래도 다음 레벨로 올라가면 모든 정보를 알 수 있다고 했으니까.'

다른 상자의 능력이 어떤 것인지와 같은 고급 정보는 알 수 없었다. 그건 다음 레벨로 올라가야 알 수 있다고 했다. 다행인 것은 상대도 자신이 가지고 있는 상자의 능력을 알지 못한다는 거였다.

서로 어떤 능력을 가지고 있는지 모른다면, 쉽사리 다가가

거나 공격할 수 없다. 섣불리 공격했다가는 반격당해서 상자를 빼앗길 수도 있는 일이니까.

상자와 동전이 어떤 것이던가. 그러니 그런 위험을 감수하려고는 하지 않을 것이다. 그건 주혁도 마찬가지였다.

그리고 레벨은 그것이 끝이 아니었다. 그 위로도 한 단계 레벨이 더 있다고 했다. 모두 네 단계의 레벨이 있는 거였다. 주혁은 꾸준히 단련해서 상대보다 빨리 다음 레벨로 올라가야겠다고 생각했다.

그렇게 되면 상대보다 훨씬 유리한 상황을 점할 수 있을 것이다.

그러니 승부는 그때 보면 된다. 손자병법에도 있지 않은가. 먼저 이기고, 그다음에 싸운다. 자신이 이길 수 있는 싸움을 하는 것. 바로 필승의 비법이다.

그리고 지금도 대단한데 마지막 레벨까지 가면 어떻게 될까 궁금했다. 정말 무협지에 나오는 것처럼 장풍을 쏘고 허공을 날아다녀도 이상할 것이 없을 듯했다. 그리고 아주 고무적인 점은 지금 자신이 하는 수련이 레벨업에 굉장히 좋다는 점이었다.

상자는 지금까지 해왔던 속도로 보면 올해 말이나 되어야 레벨업을 할 줄 알았다고 했다. 그러니 최근에 한 수련이 얼마나 효과가 컸는지 알 수 있지 않은가. 그래서 매일 꾸준히 수련하리라 다짐했다. 빠른 렙업을 위해서.

그렇게 해서 다섯 개의 상자와 그들이 가지고 있는 동전을 모두 차지할 수 있다면, 얼마나 대단한 일이겠는가. 아마 세계 정복도 가능할 것이다. 물론 자신은 그럴 생각이 추호도 없었지만.

'그리고 일단 내가 동전이 가장 많은 것 같으니까 조금 안심이 되기도 해.'

동전은 모두 49개가 있었다. 상대가 몇 개나 가지고 있는지는 확실하게 알 수 없다. 하지만 미루어 짐작하기로 자신보다 많지는 않을 것이다. 지금까지 사용한 동전이 꽤 많을 테니까. 자신만 해도 벌써 몇 개를 사용했던가. 그리고 이야기를 들어보면, 로저 페이튼도 제법 사용한 듯했고.

상자만 가지고 있어서는 아무짝에도 소용없다. 상자와 동전이 같이 있어야 한다. 그러니 동전 12개를 가지고 있다는 건 엄청난 일이었다. 상대보다 총알을 많이 가지고 있다는 건 분명 유리한 일이니까.

상자는 최소한 500년 전부터 존재했다. 그보다 훨씬 전부터 있었을 수도 있었고. 기록으로만 보면, 스페인이 잉카를 멸망시키면서 가져온 유물 중에 있었다고 생각되었다.

그리고 재미있는 건 멸망할 당시 잉카 제국의 황제가 잡힌 도시가 '까하마르까'였다는 점이었다. 까하는 상자, 마르까는 표시한다는 뜻이다. 주혁은 혹시 상자가 있다고 표시된 도시라는 뜻이 아닐까 생각해 보았다.

하지만 그건 아무도 알 수 없는 일. 하지만 혹시 모른다. 만약 레벨업이 되면 정말 상자가 어디서 왔으며 누가 만든 물건인지 알 수 있을지도.

'일단은 계속 수련해서 빨리 레벨업을 하는 거야. 그게 가장 중요하다.'

그리고 상자에도 서열이 있다는 것도 알아냈다. 다행스러운 점은 자신이 원래 가지고 있던 상자가 가장 서열이 높다는 거였다. 자신의 상자는 서열 1위와 4위가, 다른 상자는 2위와 5위가 합체된 거였다.

'로저 페이튼이 가지고 있는 상자가 서열 3위고 말이지.'

문제는 합쳐진 상자를 가진 주인인데, 주혁은 혹시 이태영이 그 주인공이 아닌가 의심을 했었다. 어떻게 보면 자신과 비슷한 행보를 보인다고 할 수도 있으니까. 몇 달 사이에 갑자기 사람이 변한 것처럼 실력이 늘어서 나타난다는 게 어떻게 가능할 수 있겠는가.

하지만 그는 지금도 한국에 있었고, 최근에는 외국에 나간 일도 없었다. 분명히 상자의 주인은 지금 미국에 있다고 했다. 그러니 이태영은 절대로 상자의 주인이 될 수 없었다.

'정말 몸을 나누는 능력 같은 게 있지 않은 한 말이지.'

하지만 조금 다르게 생각을 해보았다. 만약 자신이 다른 상자의 주인을 찾으려 한다면 어떻게 할지에 대해서. 서로 상대가 가진 상자의 능력에 대해서 전부 알지 못한다. 당연히 아주 조심스럽게 접근할 것 같았다.

만약에 자신이 먼저 들키거나 했다가는 가지고 있는 상자를 빼앗길 수도 있는 일이다. 그러니 하수인을 써서 알아보게 시킬 것 같았다. 자신이 윌리엄 바사드를 이용하는 것처럼. 그것이 이태영이 아닐까 하는 생각이 들었다.

하지만 어디까지나 추측이었다. 외국에 나가지도 않았던 사람이 상자의 주인과 만났다고 보는 것도 좀 이상했고, 지금까지 자신과는 어떠한 접점도 없어서 아닐 수도 있다는 생각이 들었다.

만약 자신을 조사를 하려고 했으면, 같은 작품에 출연한다거나 촬영장에를 온다거나 했을 것 같았다. 그런데 그런 움직임은 일절 없었고, 그냥 자신의 작품에만 집중하고 있었다. 그러니 자신이 너무 이상한 쪽으로만 생각하는 게 아닌가 싶기도 했다.

그래서 직접 찾아가서 만나보기로 했다. 직접 대면을 해보면 무언가 단서가 나올 수도 있지 않을까 해서였다. 그리고 외국에 진출하는 것도 조금 달리 생각해야 할지도 몰랐다. 할리우드에 진출하면 상자의 주인들과 만날 확률이 높아서였다.

물론 상대의 위치를 대략적으로는 알 수 있다. 상자가 몸 가까이에 있을 때는. 그 말은 항상 상자를 가지고 다녀야 한다는 것인데, 그리고 싶지는 않았다. 만약 누가 훔치기라도 한다면 큰일 아닌가.

그래서 외국에 나가는 일을 전처럼 쉽게 생각할 수가 없었다. 상자를 안전하게 가지고 다닐 수 있는 획기적인 방법이 생기지 않는 이상, 신중을 기해야 했다.

한번 생각해 보았다. 만약 지금 자신이 가지고 있는 상자와 동전을 잃어버린다면? 정말 상상하기도 싫었고, 만약 그런 일이 생긴다면 정말 살기 싫을 것 같았다. 매 순간이 불안해서 미쳐 버릴지도 몰랐다.

그런 생각을 하는 사이에 무술 팀이 있는 장소에 도착했다. 주혁은 차에서 내렸고, 장백이와 함께 움직였다. 장백이도 이번 영화에는 관심이 아주 지대했다. 자신이 배운 무술이 나오는 영화이니 어쩌면 당연한 것일 수도 있는 일이었다.

"어서 와요. 그래, 훈련을 엄청나게 하신다면서요."

"실망시켜 드리면 안 되죠. 최선을 다하고 있습니다."

무술감독도 이중호 사범을 알았다. 이 계통에 있으면서 이중호 사범을 모른다는 건 아주 하수이거나 가짜라는 말이나 마찬가지였다. 예를 들자면, 프로야구 선수가 선동열을 모른다는 것과 비슷한 거였다.

"어? 자네 장백이 아냐?"

"오랜만이네요. 그동안 잘 지내셨죠?"

"이거 진짜 장백이네?"

무술감독과 장백이는 서로 아는 사이였다. 무술감독은 무술 팀 식구들에게 장백이를 소개해 주느라 잠시 주혁을 방치했다. 하지만 주혁은 워낙 서로 반가워해서 일부러 조용히 기다렸다.

"아이고, 이런. 죄송합니다. 워낙 오랜만에 만나는지라."

"괜찮습니다. 상관없으니까 얘기 좀 더 나누세요."

주혁은 일부러 자리를 피해주었다. 그리고 체육관 안을 둘러보았는데, 혼자서 연습 중인 사람이 있었다. 언뜻 보니 우리나라 사람 같지 않았다.

"안녕하세요?"

"하이."

역시나 영어로 대답했다. 그런데 목소리가 굉장히 멋진 남자였다. 성우라고 해도 믿을 수 있을 그런 목소리였다. 그리고 눈빛과 전체적인 분위기도 상당히 매력적인 사람이었다. 주혁은 웃으면서 영어로 대화를 시작했다.

"여기서 연습하고 계셨나 보죠?"

"나는 당신을 안다. 미스터 강. 나는 타나웡이라고 한다."

그는 먼저 손을 내밀었다. 주혁은 이야기를 하면서 자신도 영화에 출연한다고 했다. 주혁은 외국 킬러 역을 맡은 배우가 바로 이 사람이구나 하고 바로 알았다. 그리고 탁월한 선택이었다고 생각했다.

'어디서 이런 배우를… 정말 매력 있는데?'

주혁과 타나윗의 대화는 무술감독이 그들을 찾을 때까지 이어졌다. 타나윗도 대화 상대가 없었던 탓인지 주혁과의 대화를 무척 즐거워했다. 그리고 주혁의 연기에 대해서도 극찬했다.

"태국에서도 미스터 강의 인기는 정말 대단하지. 아마도 태국에 가면 깜짝 놀랄 거야."

그는 예전에는 홍콩 배우와 가수들이 아시아의 스타였다면, 지금은 한국의 배우와 가수들이 그 자리를 차지하고 있다고 말했다. 그러면서 정말 이런 좋은 작품들을 만드는 한국이 부럽다고 말했다.

"타나윗 씨는 태국에서 얼마나 인기가 있나요?"

"나는 조금 인기가 있는 정도다."

그는 부드러운 미소를 지었는데, 매력적인 콧수염이나 풍기는 분위기로 보아서 보통 배우는 아닐 듯싶었다.

"어이쿠, 이거 정말 미안합니다."

무술감독이 황급히 다가오더니 주혁에게 미안하다며 연신

말했다.

"아닙니다. 저도 타나웡 씨하고 이야기를 하느라고 시간 가는 줄 몰랐네요."

"아, 예. 어? 영어를 잘하시나 보네요?"

"그냥 의사소통할 정도는요."

무술감독은 주혁이 4개 국어를 하는 줄 몰랐던 모양이었다. 그저 액션과 연기를 잘하는 배우라고만 알고 있었던 듯했다. 하지만 지금은 외국어 테스트를 하는 자리가 아니니 이곳에서 해야 할 걸 할 차례였다.

일단 주혁의 실력과 몸 상태가 어떤지 알아야 했다. 그래야 어떤 부분까지 직접 하고, 어떤 부분은 대역을 쓸지 정할 수 있으니까. 그리고 아무래도 주혁의 액션이 가장 많으니 주혁의 실력과 상태에 따라 전체적인 수준을 결정할 수 있었다.

물론 연출은 감독의 몫이다. 감독이 원하는 방향에 따라서 액션의 방향을 맞추어야 한다. 그리고 그 부분은 이미 어느 정도 이야기가 되었다. 정말 리얼한 액션. 비주얼 액션과는 완전히 다른 종류의 액션이다.

방향은 정해졌다. 이제는 어느 정도까지 하는 것만 정해지면 되는 것이다. 그리고 지금 보여주는 주혁의 실력에 따라서 많이 좌우될 터였다. 무술감독은 몸을 푸는 주혁의 몸놀림이 자신의 예상을 훨씬 뛰어넘는다고 보았다.

"시작할까요?"

"그러죠."

주혁은 가볍게 한 번 심호흡을 하고는 움직이기 시작했다.

'눈빛이 바뀌었다.'

타나윙은 주혁이 심호흡을 한 후에 눈빛이 확 달라졌음을 보았다. 그리고 격렬하면서도 치명적인 움직임이 이어졌다. 자신도 무에타이를 오래 해왔다. 전문가는 아니지만, 지금 주혁이 보여주는 것이 얼마나 위험한 것인지는 알 수 있었다.

"이것이 한국 영화의 힘인가?"

장백이를 제외하고는 타나윙의 말을 알아듣지는 못했다. 그는 태국에서 액션 영화를 찍어본 경험이 있었지만, 이 정도의 움직임이 필요하지는 않았다. 그리고 그만큼 기대도 되었다.

이미 강주혁에 대해서는 잘 알고 있다. 그가 나온 영화도 전부 보았다. 그리고 놀랄 수밖에 없었다. 그 다양한 장르를 모두 소화했다는 것을 어떻게 믿을 수 있겠는가. 그는 아시아의 스타가 아니라 세계적인 스타가 될 수 있다고 확신했다.

그래서 한국에서 제의가 왔을 때, 두말하지 않고 승낙했다. 직접 와서 보고 싶었다. 강주혁이라는 배우가 정말 그렇게 대단한지를. 그리고 직접 보니 명불허전이었다. 자신이 예상한 것을 이미 뛰어넘고 있었다.

"한국에 오길 잘했군."

*   *   *

주혁의 움직임이 끝나자 사방에서 요란한 박수 소리가 들렸다. 무술 팀 사람들은 정말 아낌없는 찬사를 보내고 있었다. 마치 교관을 초청해서 시범을 보는 것 같은 느낌이 들었다. 그만큼 주혁이 보여준 모습은 배우가 한 것이라고는 볼 수 없는 수준이었다.

"저 정도면 거의 프로 아닌가?"

"독하네. 원래 이쪽 무술을 하던 사람도 아니었을 거 아냐."

사람들의 놀라움은 무척 컸다. 덕분에 장백이도 어깨에 힘이 잔뜩 들어갔다. 자신이 보기에도 정말 훌륭했다. 장백이가 보는 영화는 대부분 액션 영화다. 왜 남자들은 원래도 액션 영화를 좋아하지 않는가.

거기다가 장백이는 원체 무술을 하던 사람이라서 액션 영화에 관심이 많았다. 하지만 그의 눈을 흡족하게 하는 영화는 거의 없었다. 하지만 주혁의 움직임을 보고 확실하게 말할 수 있었다.

"이번 영화는 지금까지 나온 액션 영화와는 완전히 다른 영화가 되겠네요."

"그럴 수밖에 없겠어. 확실하게. 참, 자네도 혹시 출연할 생각 없어? 생각 있으면 내가 자리 한번 마련해 보고. 뭐, 자네 실력이야 내가 보증할 수 있으니까."

"아뇨, 제가 영화 나와서 뭐하겠어요."

무술감독은 아쉽다는 듯 장백을 쳐다보았다. 그걸 핑계로 애들 좀 가르쳐 달라고 할 생각이었으니까. 고수의 지도를 받는다는 건 엄청난 도움이 된다. 주혁만 보아도 알 수 있지 않은가. 만약 이중호 사범의 지도가 아니었다면 저 정도 실력에 이르지 못했을 것이다.

이중호 사범과는 비교도 할 수 없겠지만, 장백이 정도면 그래도 상당한 고수이다. 그 정도 되는 인물은 쉽게 만날 수 없으니, 이 기회에 연을 맺어보려고 한 거였다.

"그런데 주혁 씨는 원래 영어도 잘했나?"

"모르셨어요? 영어뿐만 아니라 일본어하고 중국어도 잘해요."

장백의 말에 무술감독은 어이가 없었다. 정말 세상이 불공평하다는 생각이 들었다. 한 사람이 저렇게 많은 걸 가지고 있어도 되는 건지 하늘에 따지고 싶었다.

"아니, 그럼 도대체 못하는 게 뭐야?"

"못하는 거요? 뭐 특별한 건 없고, 아! 노래하고 미술 같은

건 잘하지 못한다고 하더라고요. 아주 못하는 건 아니고 그냥 다른 거에 비해서는 평범한 정도?'

무술감독은 허탈하게 웃었다. 그걸 못한다고 해야 하는 건지 헷갈렸다. 다른 과목은 거의 만점에 가까운데 한 과목 90점 정도 받는 전교 1등을 보는 느낌이랄까.

"감독님."

주혁이 무술감독에게 다가왔다. 방금 선보인 것에 대해서 어떤지 평가를 듣기 위해서였다.

"내가 생각했던 것보다 수준을 좀 더 높여도 되겠는데? 충분히 소화할 수 있겠어."

무술감독으로서는 정말 신이 나는 일이다. 배우는 일반인이다 보니 소화할 수 있는 액션에 한계가 있었다. 당연히 어려운 장면은 대역을 쓰거나 촬영 기법을 통해서 그런 걸 극복해야 했다. 그런 것도 다 어려우면 수위를 낮추거나.

하지만 지금 주혁의 실력으로 볼 때, 전혀 그럴 필요가 없었다. 오히려 무술 팀이 바짝 긴장해야 할 것 같았다. 합을 맞추려면 상대하는 사람들의 실력도 그만큼 중요하니까. 무술 팀도 처음에는 박수를 치다가 이내 그런 점을 깨달았는지 눈빛이 날카로워져 있었다.

그리고 또 한 명 긴장하고 있는 사람이 있었다. 바로 주혁과 중요한 액션 장면이 있는 사람. 태국 배우인 타나윗이었다. 그것도 1:1 액션이었다. 그는 지금 상태로는 제대로 된 장면을 소화하기 어려울 것 같았다.

그래도 무에타이를 배웠던 몸. 남은 기간 동안 힘은 들겠지만, 단단히 준비해야겠다고 마음을 고쳐 잡았다.

"감독님하고 상의는 해봐야겠는데, 일단은 내가 생각한 대로 짜보려고. 그래도 생각한 것보다는 감이 좋아. 정말 제대로 된 작품 하나 나오겠어."

무술감독은 흥분되었다. 자신이 생각한 것보다 훨씬 멋진 장면이 나올 수도 있다는 생각이 들었다. 그래서 자신이 생각하는 가장 최선의 장면을 만들기로 마음먹었다.

어차피 그 장면은 하루 이틀에 만들어질 수 있는 그런 장면이 아니었다. 목욕탕 격투 장면은 이 영화의 하이라이트. 몇 달이 걸리더라도 반드시 최고의 장면을 만들어야 했다. 그래서 설계하는 데만 대충 두어 달 생각하고 있었다.

그래도 오늘 주혁의 실력을 보고 나니 기운이 났다. 주혁의 움직임을 보니 자신이 생각하고 있는 걸 모두 넣어도 주혁이 소화할 수 있다는 자신이 생겼으니까. 설계를 하는 데 지금보다 좋은 조건은 없을 듯했다.

이런 장면을 설계하는 데 제약까지 있으면 얼마나 골치 아픈가. 이 동작을 배우가 할 수 있을까? 어려우면 대역을 써야 하나? 아니면 다른 동작으로? 이런 식으로 고민하다 보면 일이 한도 끝도 없이 늘어진다.

하지만 이제는 아주 심플하다. 어떤 장면을 넣어도 주혁이
다 소화해 줄 수 있으니까. 무조건 최고의 장면이라고 생각하
는 걸 설계한다. 그다음에 감독과 상의해서 덜어낼 건 덜어내
고 수정할 건 수정하면 끝이다.

덜어내는 건 쉬워도 모자라는 걸 채우는 건 어렵다. 그런데
이제는 모자랄 일은 없게 되었다. 그러니 고민할 것 없이 설
계만 하면 되는 거였다.

무술감독이 그런 생각을 하는 동안, 타나윙은 주혁과 이야
기를 나누고 있었다. 주혁과 합을 맞추어야 하는 사이였고,
무엇보다도 말이 통해서 좋았기 때문이었다. 거기다가 자신
이 관심 있는 배우이기도 했고.

그는 주혁에게 원래 무술을 했었는지 물었다. 주혁이 태권
도는 조금 했었는데, 이런 계통의 무술은 이번에 배웠다고 했
다.

"놀랍군요. 단시간에 이런 정도까지 실력을 높이는 건 결
코 쉽지 않은 일이었을 텐데. 비결을 물어봐도 되겠습니까."

"다행스럽게도 좋은 스승의 지도를 받을 수 있어서 가능했
습니다."

"아, 그거 정말 행운이었군요. 실력을 높이는 데 그보다 좋

은 방법은 없는 법이죠."

타나웡은 자신도 그분을 소개받을 수 있느냐고 물었다. 아무래도 단시간에 실력을 높일 필요가 있을 것 같다면서. 하지만 그건 주혁이 대답할 수 있는 건 아니었다. 이중호 사범은 일반인은 받지 않는다.

미스터 K의 부탁이 있었다고 하더라도 주혁의 실력이 일정 수준 이상이 아니었더라면 결코 받아들이지 않았을 것이다. 주혁이 보기에는 타나웡은 받아들이지 않을 가능성이 높아 보였다.

"여기서 배우는 것으로는 모자란다고 생각하는 겁니까?"

"그렇지 않다고 생각했습니다. 하지만 미스터 강의 움직임을 보니 배움의 속도를 높여야 한다는 생각이 들었습니다."

주혁은 고민하다 옆에서 이야기를 듣고 있는 장백이가 눈에 들어왔다. 그는 슬쩍 장백이를 쳐다보았다. 생각해 보니 지금 상황에서 가장 적임자가 아닌가 싶었다. 일단 말이 통했고, 가르침을 줄 만한 고수이기도 했으니까.

"저요?"

"가능하겠어?"

"회사 일이 있어서 힘들겠는데요?"

주혁은 장백이의 표정을 살폈다. 말은 저렇게 하고 있지만, 몸이 근질거린다는 게 눈에 보일 정도였다.

"그럼 회사 일을 좀 줄여주면 가능하겠네?"

"그렇다면야, 뭐……."

사람들에게 잘 알려져 있지는 않지만, 주혁은 아토 엔터테인먼트의 이사이다. 장백이의 시간을 조절할 정도의 권한은 가지고 있었다. 물론 이사가 아니더라도 기재원 대표가 주혁의 부탁을 거절할 리는 없었지만.

그래서 장백이는 주기적으로 타나윙의 훈련을 담당하기로 정해졌다. 그리고 주혁은 장백의 실력을 보고 깜짝 놀랐다. 솔직한 이야기로 자신도 실력이 많이 늘어서 얼추 비슷할 정도는 되지 않을까 싶었는데, 지금 붙으면 확실하게 질 것 같았다.

저번에 겨루었던 박 교관과는 급이 다른 강자였다. 이중호 사범의 도장에서도 가장 고수라는 자들에게서나 볼 수 있었던 그런 포스가 느껴졌다. 주혁은 이중호 사범이 장백이를 왜 그렇게 반갑게 맞이했는지 알 수 있었다.

하지만 조금만 시간이 지나면 장백이와 붙어볼 만하다고 생각되었다. 실력이 느는 속도는 자신이 빨랐으니까. 그리고 레벨을 높이기 위해서 죽을 듯이 애쓰고 있었으니까.

"조만간 붙어보자고. 윤장백 매니저."

* * *

"안녕?"

"안녕하세요."

주혁은 이 영화의 성공 열쇠를 쥐고 있는 아역 배우 김혜론 양과 반갑게 인사를 나누었다. 정말 나이에 비해서 굉장한 연기를 보이는 아이였다. 대본 리딩 때도 무척 놀란 경험이 있었다. 아이가 어떻게 저런 연기를 할 수 있을까 할 정도였으니까.

주혁이 가장 우려한 부분이 아역 배우와의 감정 연결이었다. 연기는 혼자 한다고 되는 게 아니었다. 상대 배우와 교감이 중요했다. 혼자서 아무리 감정을 보여도 상대가 그걸 제대로 받아주지 않으면 말짱 도루묵이 되는 거니까.

그리고 이 영화에서 아역 배우가 소화해야 하는 감정이 결코 간단하고 쉬운 게 아니었다. 상당한 연기력이 요구되는 그런 연기였다. 그래서 이런 어려운 감정 연기를 과연 아역 배우가 할 수 있을까 하는 의문이 들었었다.

그것도 아직 열한 살밖에 되지 않은 아이가 말이다. 열한 살. 초등학교 4학년이다. 그래서 처음에는 조금 더 나이가 있는 아이가 좋지 않겠느냐는 말도 했었다. 하기야 거기서 몇 살 더 많아 봐야 별 차이 없겠지만.

하지만 김혜론 양을 만난 이후로 그런 말이 쑥 들어갔다.

저 아이보다 이 역할을 잘할 수 있는 아역 배우는 없을 것 같 았다. 가장 좋았던 건 연기를 하는 게 아니라 그냥 자연스럽 다는 거였다.

타고난 배우. 저건 배워서 하는 게 아니었다. 주혁은 자신 과는 다른 천재가 여기 있다는 사실을 알았다.

"자, 촬영 시작하겠습니다."

조감독이 촬영 시작을 알렸다. 크랭크 인. 영화의 첫 촬영 이 시작되는 떨리는 순간이었다. 그리고 첫 촬영을 하는 배우 는 바로 아역 배우인 김혜론 양이었다. 당구장에서의 촬영이 었는데, 크게 연기가 필요한 장면은 아니었다.

하지만 오늘 촬영이 없는 배우들도 많이 촬영장을 찾아와 서 촬영장은 아주 북적대고 있었다. 주혁은 인사도 많이 하고 다녔고, 인사를 많이 받기도 했다.

"그런데 감독님, 다음 촬영은 낮 촬영이잖아요."

시나리오는 신으로 구분되어 있다. 그리고 신에는 낮인지 밤인지가 표시되어 있다. 그리고 분명히 이다음에 찍을 전당 포 건물에서의 촬영도 시나리오에서는 오전이라고 표시되어 있었다. 그런데 벌써 해가 저문 상태였다.

"조명 팀이 신경을 좀 썼지."

감독은 웃으면서 말했다. 그리고 장소에 도착했을 때, 왜 감독이 웃었는지 알 수 있었다. 조명을 낮처럼 환하게 해놓았던 거였다.

"이게 굉장히 중요한 장면이거든."

"그렇죠. 태식하고 소미가 처음 만나는 장면이니까요."

주혁도 알고 있었다. 이 장면이 상징하는 바를. 그래서 더욱 밤에 찍는다고 했을 때 의아했던 거였다. 하지만 현장을 살펴보니 뜻밖에도 느낌이 굉장히 좋았다.

"오히려 낮에 찍는 것보다 좋은 것 같은데요?"

"그래?"

"예, 오히려 햇빛이 없으니까 조명으로 컨트롤하기가 더 쉬운 것 같은데요."

"뭐야, 배우가 그런 것도 알고."

조명감독이 희한하다는 듯 주혁을 바라보았다. 주혁은 자신이 생각하는 바를 이야기했고, 그의 말을 들은 조명감독은 어이가 없다는 듯 웃었다.

"이거, 배우야, 조명 팀 스태프야? 그런 건 경력이 좀 되는 배우도 모르는 사람 많은데. 혹시 감독님이 얘기해 주신 거예요?"

"아니, 뭐 하러 그런 걸 배우한테까지 이야기를 해. 연기 부분에 디렉션하는 것도 바쁜데."

사람들은 혹시 연출 공부를 따로 한 거냐고 물었다. 주혁은 고개를 저었다. 공식적으로 연출 공부를 따로 한 적은 없었다.

물론 공식적으로는 말이다.

"그냥 관심을 가지고 현장에서 많이 배웠습니다. 연기를 잘하려고 하면 그런 것도 알아두어야 할 것 같아서요."

사람들은 나중에 경험 쌓이면 감독해도 되겠다고 이야기했다. 김중택 대표가 자꾸 주혁에게 제작이나 연출도 한번 해보라는 게 바로 그래서였다. 주혁이 그런 능력을 가지고 있다는 걸 그는 알고 있었으니까.

이야기는 곧 정리되었다. 주혁의 첫 촬영이 시작되었기 때문이었다.

주혁은 문을 열고 들어와서는 나오라고 이야기했다. 그러자 계단 아래서 김혜론 양이 웃으면서 올라왔다. 주혁이 아까 이야기한 게 이거였다.

주인공인 태식이 어린 소미에게 나오라고 이야기한다. 그래서 어두운 곳에 있었던 소미가 밝은 곳으로 올라온다. 이 영화의 내용을 상징적으로 말해주는 장면 아닌가. 그리고 소미는 항상 빛을 받아서 밝게 보이고, 태식은 어둡게 보이는 게 컨셉이었다.

지금도 보라. 혜론이의 얼굴은 빛을 받아서 환하게 빛나고 있고, 주혁은 후드를 쓰고 있어서 어둡게 나오고 있지 않은가. 그래서 조명이 중요한 거였다. 그런 것으로도 캐릭터를 표현하고 있었으니까. 그리고 설명을 듣지 않고도 그런 걸 전부 알고 있는 주혁도 평범한 배우는 아니었다.

"컷. 오케이."

그렇게 첫 촬영은 성공적으로 마무리되었다. 주혁은 빙긋 웃었다. 지금 아이의 얼굴이 빛을 받아 환하게 빛나고 있는 것처럼, 이 영화도 잘되리라는 생각이 들어서였다.

*   *   *

영화를 찍다 보면, 배우나 감독이나 헷갈릴 때가 있다. 내가 지금 제대로 촬영하고 있는 것인지 확신이 서지 않는 그런 경우가 있는 것이다. 왜냐하면, 영화는 시나리오 순서대로 찍는 게 아니기 때문이었다.

"너무 급하게 내려오는 것 같은데?"

"그런가요?"

주혁은 지금 찍은 장면을 확인했다. 전당포 계단에서 다급하게 내려오는 장면인데, 확실히 좀 빠르게 보이기는 했다.

하지만 주혁은 이 정도가 적당한 게 아닌가 싶었다. 전직 특수부대 요원이니 몸놀림은 날렵할 테고, 유일하게 자신에게 가까웠던 아이가 납치된 상태이니 마음은 급할 테니까.

하지만 감독은 주인공이 아직 변하기 전이니 너무 과한 모습은 보이지 않는 편이 좋다고 이야기했다.

사실 누구의 말이 정답인지는 지금은 알 수 없다. 다들 자신의 감으로 이야기하고 있는 거였으니까.

주혁은 머릿속에서 그려지는 장면의 흐름으로 볼 때는 이 정도가 적당하다고 생각했고, 이전 영화에서는 자신이 생각한 것이 대부분 맞았다. 하지만 영화는 편집하다 보면 어떻게 될지 모른다. 그러니 100% 자신이 맞는다고 확신할 수 없는 거였다. 자신이 틀린 경우도 분명히 있었으니까.

"그럼 조금만 템포를 늦춰볼까요?"

"그래, 아주 약간만."

연출을 하는 입장에서는 가장 좋은 장면을 찾기 위해서 항상 고민한다. 하지만 감독도 사람이다. 지금의 속도감이 편집을 했을 때 적당한지 아닌지는 알 수 없다. 그러니 이런 경우에는 여러 버전으로 촬영을 해놓는 편이 좋다.

그리고 크게 어려운 장면도 아닌지라 금방 오케이가 떨어졌다.

주혁은 다음 촬영 준비를 하는 동안 잠시 대본을 살폈는데, 어쩐 일인지 시끄러운 소리가 들렸다.

"아니, 이게 뭐야? 이게 왜 안 되는데?"

"이거 큰일이네. 스테디캠이 안 되면 곤란한데."

영화를 하는 사람이라면, 언제나 아무런 문제 없이 촬영이 진행되는 걸 바란다. 하지만 그런 경우는 없다. 현장에는 항상 돌발 상황이 발생한다. 날씨가 도와주지 않는 경우도 있고, 사람이 문제를 일으키는 경우도 있다.

그리고 지금처럼 장비에 문제가 생기는 경우도 있다. 잠시 후에 촬영할 장면은 주혁이 자동차를 쫓아가는 장면이었다. 당연히 스테디캠으로 촬영할 예정이었다. 스테디캠은 들고 뛰면서 촬영해도 영상이 흔들리지 않게 해주는 장비였으니까.

"아, 이게 왜 이러지? 아까만 해도 괜찮았는데."

담당자는 난감한 표정으로 말했다. 하지만 그런 소리를 해봐야 아무런 도움도 되지 않는다. 그러면 촬영 장비가 고장 났으니 촬영을 중단해야 하는 걸까? 그렇지 않다. 그런 식으로 했다가는 촬영 스케줄을 맞출 수가 없다.

"핸드헬드로 가야지 뭐."

"많이 떨릴 텐데?"

"별수 있나. 하는 데까지 해봐야지."

스태프들이 모여서 상의를 했다. 일단 스테디캠으로 생각하고 짜놓았던 촬영 동선은 모두 무용지물이 되었다. 카메라를 들고 뛰면, 당연히 화면이 흔들린다. 절대로 좋은 장면이 나올 수 없다.

"따라가면서 찍은 건 봐서 괜찮은 부분만 쓰고, 뒤나 앞에서 잡은 장면을 좀 넣어야겠는데?"

"일단 그렇게 가죠."

감독은 주혁에게 다가가서 테이크가 좀 많이 갈 수도 있다는 이야기를 했다. 예상 밖의 일이라 일단 촬영을 해봐야 어떨지 알 수 있었기 때문이었다.

"아시잖아요, 저 체력 좋은 거. 걱정하지 마세요."

주혁은 웃으면서 대답했다. 사실 속으로 쾌재를 부르고 있었다. 안 그래도 틈만 나면 훈련을 하면서 체력을 소모하고 있었는데, 잘된 일 아닌가. 얼마든지 전력으로 달려주리라 생각했다. 그리고 촬영에 들어가서는 정말 미친 듯이 달렸다.

"다시 갈게요."

감독은 약간 미안하다는 투로 말했다. 주혁이 뛰어야 하는 거리는 상당했다. 게다가 정말 전력으로 달려야 했다. 소중하게 생각하고 있는 아이가 잡혀 있으니 전력으로 달리는 게 당연하지 않겠는가.

100미터만 전력으로 달려보라. 한 번만 달려보면, 아마도 다시는 뛰기 싫어질 것이다. 그런데 그것보다 더 먼 거리를 몇 차례나 달렸으니 지치는 건 지극히 당연한 일이었다. 주혁은 상체를 숙이고 숨을 헐떡이고 있었다.

"괜찮아?"

"후우우~ 괜찮아요."

사람들이 모두 걱정스러운 표정으로 주혁에게 말을 걸었다. 주혁은 숨을 고르면서 괜찮다고 했는데, 그걸 정말이라고 생각하는 사람은 아무도 없었다. 저렇게 달리고 괜찮으면 그건 인간이 아니었다.

템포를 조절해 가면서 오래 달리는 건 할 수 있다. 하지만 짧은 시간에 폭발적인 스피드를 내는 일을 반복해서 한다는 건 정말 토 나오는 일이었다. 하지만 주혁은 아주 즐거운 마음으로 달렸다.

"아시잖아요. 저 추적자 할 때도 엄청나게 뛰었거든요."

그 당시에 상대역을 했던 김준석은 너무 힘들어서 정말 토를 할 뻔도 하지 않았던가. 사실 주혁만큼 죽겠는 사람이 한 명 더 있었다. 바로 촬영감독이었다. 주혁만큼은 아니었지만, 그 역시 상당한 거리를 계속해서 달려야 했으니까.

그리고 주혁의 달리기는 왜 그렇게 빠른 건지 무슨 육상 선수 같았다. 감독은 정말 전직 요원 같은 느낌도 나고 절박한 심정도 느껴진다면서 좋아했지만, 같이 달려야 하는 자신은 주혁이 살짝 원망스럽기도 했다.

하지만 어쩌겠는가. 장비가 고장 난 탓에 이 고생을 하고 있는 것을. 그러니 힘들다는 소리도 못하고 아주 죽을 맛이었다. 그리고 힘든 내색도 하지 않고 계속해서 달려주는 주혁이 고맙기도 했다.

배우 중에는 별난 사람이 다 있다. 이런 상황을 이해하고 넘어가 주는 배우가 있는가 하면, 짜증을 내면서 분위기를 무겁게 만드는 배우도 있다. 그리고 지금 상황은 자신이 생각해도 사실 짜증이 좀 날 만한 상황이었다.

그런데도 오히려 밝은 표정으로 스태프들에게 먼저 가서 농담도 던지고 분위기를 홍겹게 만드는 걸 보면, 정말 괜찮은 배우구나 하는 생각이 들었다.

"확실히 같이 일해보면 알 거라더니 정말 그러네."

"뭐가?"

촬영감독의 말에 숨을 고르고 있던 조명감독이 물었다.

"내 친구가 주혁 씨하고 같이 영화 찍은 적 있거든. 걔는 연출부였는데, 술자리에서 입에 침이 마르도록 칭찬을 하더라고. 그런 배우 없다면서. 그리고 계속 주혁 씨하고만 일했으면 좋겠다고 그러더라고."

"나라도 그럴 것 같다. 연기 잘하니까 찍는 맛도 있지, 잘 대해주지. 이 바닥에서 저런 사람 쉽지 않지."

사실 촬영은 엄청나게 고단한 일이다. 밤샘 촬영은 기본이니까. 그러면서도 돈도 많이 받지 못한다. 주연 배우들이야 수억 원을 받지만, 스태프들은 먹고살 걱정을 해야 할 정도로 받는 금액이 적다. 영화에 대한 열정이 없다면, 절대 버티지 못하는 곳이다.

그런 상황에서 분위기까지 좋지 않으면 정말 때려치우고 싶은 마음이 들곤 한다. 하지만 주혁같이 좋은 배우를 만나면 그래도 내가 이 일을 하는 게 잘못된 건 아니구나 하는 생각이 든다.

주혁은 그런 배우였다. 촬영장에 있는 사람들이 일할 맛이 나게 해주는 그런 배우. 일단은 영상으로 보여주었으니까. 그의 연기가 찍힌 영상을 보면 즐거웠다. 화면 속으로 빨려 들어갈 것 같은 느낌을 주었으니까.

그 영상을 만드는 데 나도 한몫을 했다는 생각을 하면 가슴이 꽉 찬 것 같은 느낌이 들었다. 그리고 정말 감정적으로 편하게 해주었다. 별것 아닌 것 같은데, 같이 있고 말을 하다 보면 따뜻하고 편안하다는 느낌을 받았다.

"그래서 다들 최고라고 하는 거겠지."

*　　　*　　　*

주혁이 골프장에 도착했을 때 본 장면은 스턴트맨이 와이어를 달고 골프장 그물 위로 떨어지는 장면이었다. 전우치를 찍으면서 와이어는 신물이 날 정도로 해본 주혁이었지만, 상당히 관심을 갖고 보았다.

골프장에 심부름을 갔다가 린치를 당하고 던져지는 장면

이었는데, 표현하기가 조금 까다로울 수도 있다는 생각이 들어서였다. 어떤 액션을 하는 거라면 오히려 쉬울 수도 있다. 그런데 이 장면은 그냥 힘없이 떨어지는 장면이었다. 정말 내던져진 것같이.

"몸에 힘을 빼는 게 관건인데……."

밑에 그물이 있기는 하지만, 높은 곳에서 떨어지는 것이니 자신도 모르게 힘이 들어갈 수도 있었으니까. 그리고 이런 장면은 사실 행운도 좀 따라줘야 했다.

"그나저나 오늘 해가 너무 쨍하네요?"

"그러니까. 비가 오면 좋을 텐데. 내일은 비가 온다는 예보가 있긴 한데……."

사흘로 예정된 골프장에서의 촬영 일정 중에서 오늘이 첫 촬영이었다. 그런데 골프장 장면은 비가 오는 설정이라 해가 너무 쨍쨍하면 여러모로 골치가 아팠다. 비가 많이 내리고 있는데 햇볕이 강하게 내리쬐는 게 보이기라도 하면 느낌이 이상하지 않겠는가.

물론 나중에 보정을 하긴 하겠지만, 그것보다는 아예 설정된 날씨와 비슷한 게 촬영하기에는 편했다.

"구름이라도 껴서 흐리기라도 하면 좋을 텐데……."

감독은 하늘을 보면서 중얼거렸다. 하지만 날씨는 자신이 어떻게 할 수 있는 부분이 아니었다. 그저 구름이라도 잔뜩 껴서 분위기라도 비가 오는 것과 비슷하게 보였으면 좋겠다는 생각을 할 뿐이었다.

"다시 갈게요."

주혁은 정말 축 늘어져서 던져졌다. 높은 곳에서 떨어지는 거라 조금 긴장이 될 법도 한데, 처음부터 아주 느낌을 제대로 살려주었다. 그런데 뭔가 더 좋은 그림이 나올 것 같다는 생각이 들었다.

"아, 정말. 오늘 날씨 이상하네."

정말 구름 한 점 없이 햇볕이 쨍쨍 내리쬐는 날이었다. 그렇다고 흐릴 때를 기다렸다가 촬영을 할 수도 없는 일 아닌가. 그리고 이번 장면은 하늘이 잡힐 일도 없으니 그냥 가기로 했다.

"준비되셨죠?"

"그냥 편하게 던지세요. 저도 푹 쉬는 것 같아서 좋네요."

주혁의 농담에 주혁을 잡고 있던 사람들이 슬며시 웃었다.

"액션."

감독의 소리에 사람들은 숫자를 세면서 반동을 주다가 셋에 주혁을 던졌다. 주혁은 공중에서 힘없이 떨어졌다. 화면을 보고 있는 감독은 참 묘한 기분이 들었다. 이것도 연기라고 해야 할지, 아니면 사람 자체가 멋있는 건지 헷갈렸다.

아니, 어떻게 그냥 공중에서 떨어지는 게 멋있을 수가 있단 말인가. 표정이 자세하게 보이는 것도 아니고 자세가 특이한 것도 아니었다. 그런데 이게 느낌이 있었다. 뭐라고 말로 표현하기 어려운 아주 독특하면서도 묘한 매력이 풍겼다.

그리고 이번 장면은 뭔가 더 특별한 게 있는 듯했다. 감독이 촬영된 걸 돌려보고 있을 때, 주혁이 와이어를 풀고 다가왔다.

"잘 나왔어요?"

주혁은 수건으로 물기를 닦으면서 화면을 보더니 작게 탄성을 내질렀다.

"이야, 이번 건 정말 좋은데요?"

"그렇지?"

"이거 보세요. 빗방울이 빛을 받아서 뭔가 신비로운 느낌이 들어요. 우주에 떠 있는 느낌 같기도 하고."

주혁의 말을 듣고 감독은 영상을 다시 보았다. 정말로 뿌려대는 물방울이 햇빛을 받아서 반짝이고 있었다. 그리고 햇빛을 받은 물방울이 아주 오묘한 분위기를 연출하고 있었다.

"이거 빗방울이 아주 제대로 살렸는데?"

"그렇죠? 이거 햇빛이 쨍쨍한 것도 도움이 될 때가 있네요."

감독은 전혀 의도하지 않았던 행운이 찾아왔음을 알았다. 이건 원래 예상에 없던 거였다. 그런데 한마디로 끝내줬다.

이런 분위기는 아마도 일부러 내려고 했어도 쉽지 않았을 것 같았다.

감독은 영화판에서 도는 말이 사실일지도 모른다는 생각이 들었다. 강주혁이 찍는 영화에는 항상 행운으로 만들어진 장면이 있다는 말이었다. 사실 영화를 찍다 보면, 우연히 잘 나오는 장면이 있다.

아마도 거의 모든 영화가 그런 장면 한두 개는 있을 것이다. 그래서 그냥 사람들이 재미 삼아 하는 말이라고 생각했다. 하지만 상황이 이렇게 되니 묘한 기분이 들었다.

'하긴 추적자에서 맨홀에서 넘어지는 장면도 그렇고, 영화는 영화다에서 갯벌 장면도 그렇다고 했지.'

사실 말도 되지 않는 거였다. 어떻게 행운이 한 사람에게만 집중될 수 있겠는가. 아마도 그만큼 열심히 하다 보니 그런 우연도 생기는 것일 터이다.

'아무렴 어떠냐. 진짜 행운을 몰고 다니든, 아니든 말이야.'

감독은 지금 장면이 정말 마음에 들었다. 그리고 정지 화면으로 놓고 보니까, 반짝거리는 빗방울이 주혁을 향해서 쏟아지는 장면이 마치 주혁이 우주에서 별들 가운데 있는 것 같은 느낌이 들었다. 주혁이 아주 신비로운 존재 같아 보였다.

CHAPTER **50**
새로운 물결

"말도 말라고. 우리도 정신이 하나도 없었다니까."

주혁이 바빴던 것만큼 기재원과 김중택 역시 무지막지하게 바쁜 시간을 보내고 있었다. 인수한 케이블 방송사들을 하나로 묶고 전체적으로 조율하는 작업을 했기 때문이었다.

가게 주인이 바뀌어도 일이 많은데, 회사가 하나도 아니고 여러 개다. 일이 얼마나 많겠는가. 거기다가 방향성도 제시해 주어야 했다. 그래야 올해 제작될 콘텐츠도 거기에 맞추어서 작업을 할 테고, 향후 제작할 콘텐츠를 검토하는 일도 그 기준에 맞추어 할 테니까.

그래서인지 기재원과 김중택은 볼이 홀쭉해져 있었다. 평소에도 그리 살집이 있는 편은 아니었지만, 지금은 확실히 말랐다는 게 눈에 보일 정도였다.

"그런데 저는 왜 보자고 하신 건데요?"

"아, 다름이 아니라 한번 볼만한 것들이 있어서 말이야."

둘은 올해 제작될 콘텐츠와 내년에 제작할 것 중에서 괜찮다고 생각하는 것들만 추려 왔다. 주혁과 한번 상의해 보기 위해서였다. 주혁도 엄연히 이사진 중 한 명이었고, 안목이나 감각도 다들 인정하는 바였으니까.

가장 먼저 주혁에게 내보인 건 오디션 프로그램이었다. 이건 곧 제작에 들어가야 해서 만약 바꿀 것이 있다면 빨리 수정해야 했다.

"아, 이건 들어본 적 있어요. 바빠서 보지는 못했는데, 젊은 사람들 사이에서는 꽤 화제였죠."

작년에 처음으로 했던 오디션 프로그램이었다. 상당히 화제가 되었었는데, 우승 상금이 1억 원이나 되는 데다가 곧바로 음반을 발표하는 조건이라서 사람들의 이목을 끌었었다. 게다가 연말에는 큰 행사에 참가하는 기회도 주어졌고.

"아무래도 요즘 가수가 되려는 사람이 많으니까."

"그건 그래요. 연예인이 되고 싶어 하는 애들이 정말 많더라고요. 그리고 다들 노래를 얼마나 잘 부르던지……."

주혁도 자주는 아니었지만, 회식을 하고 노래방에 갈 때가 있었다. 주혁의 노래 실력은 평범하다. 자주 부르는 노래 몇 곡 정도는 있지만, 노래를 잘 부른다는 소리는 들어본 적이 없었다. 하지만 요즘 젊은 친구들은 다들 노래를 잘하는 것 같았다.

그래서인지 엄청난 시청률을 기록했다. 케이블 방송에서 마지막 회 시청률이 8%가 넘었으니 초대박이라고 할 수 있는 일이었다. 케이블 방송에서 성공한 프로그램이라고 이야기하는 기준이 1%였으니까.

1%만 넘으면 성공이라고 하는 판에 8%를 넘었으니 얼마나 대단한가. 그래서 아주 당연하게도 시즌 투를 기획하고 있었다. 그것도 이전보다 더 크고 화려하게.

"이거야 어느 정도 검증된 프로그램이니 당연히 진행해야겠죠. 그런데 이건 왜요?"

"자네 의견을 들어보고 싶어서. 거기 적힌 대로 하는 게 나을지, 아니면 조금 더 보강을 하는 편이 나을지."

주혁은 현재 기획안을 살펴보았다. 일단 상금이 두 배로 늘었다. 시즌 1의 우승 상금인 1억 원도 적은 금액은 아니었는데, 2억 원이 책정되어 있었다. 그리고 세부적인 부분도 조금 더 보완되었다는 생각이 들었다. 하지만 주혁은 보면서 무언가 아쉽다는 생각이 들었다.

"조금 아쉽긴 하네요. 뭔가 더 임팩트 있게 할 수도 있을 것도 같은데 말이죠."

주혁은 잠시 생각을 하다가 다시 입을 열었다.

"전과는 상황이 달라졌으니까, 그 점을 최대한 이용해 보죠?"

주혁은 전에는 케이블 방송사가 하는 오디션 프로그램이었다면, 지금은 거기에 아토 엔터테인먼트가 관여하고 있으니 그 점을 잘 살려보자고 했다. 그래서 셋은 머리를 맞대고 궁리를 했고, 그러다 김중택 대표가 아이디어를 냈다.

"참가자들이 가장 원하는 건 검증된 기획사에 들어가는 거 아닐까?"

앨범이야 한 번 내면 끝이니, 유명 기획사에 들어가는 걸 더 선호할 것 같았다. 사실 이 분야에 관심 있는 사람들에게 그보다 더 좋은 일이 어디 있겠는가.

"앨범만 내는 게 아니라 기획사에 들어갈 기회를 주자?"

"그래. 우승자에게는 선택할 수 있는 기회를 주는 거지. 앨범이야 거기서 내면 되는 거고."

기재원 대표도 솔깃한 표정이었다. 사실 우승을 할 정도면 이미 검증은 끝났다고 봐도 되는 거 아닌가. 받아들이는 입장에서도 손해 볼 건 없다.

"좋은데요? 그런 조건이라면 어떤 사람이 참가를 마다하겠어요. 이쪽에 관심 있는 사람들은 전부 몰려들 것 같은데요?"

주혁은 아토 엔터테인먼트와 페가수스, 그리고 다른 회사를 하나 섭외해서 진행하면 좋겠다고 했다. 그러면서 기재원 대표에게 심사위원으로 나가보는 게 어떠냐고 제의했다. 기재원 대표는 고개를 살짝 끄덕이는 것이 긍정적으로 생각하는 듯했다.

"아토가 끼면 문제가 되지 않을까? 그리고 아토를 가장 선호할 것 같은데?"

김중택 대표가 문제를 제기했다. 아무래도 컨소시엄에 참여하고 있는 회사인 데다가, 가장 유명한 회사였으니까. 그럴 의도가 아니더라도 다른 데서 말이 나올 공산이 컸다.

"보완책을 좀 생각해 봐야겠지만, 시스템은 좋은 것 같으니까 이쪽으로 진행하자고."

기재원 대표는 예전 방식보다 지금 이야기 나온 시스템이 훨씬 좋다고 말했다. 주혁도 마찬가지 생각이었다.

"생각만큼 쏠리지는 않을 거예요. 페가수스도 규모나 실력이나 예전보다 많이 좋아졌으니까요. 그리고 음악적인 색깔이라는 게 있잖아요."

"페가수스하고는 프로젝트 관련해서도 이야기를 해야 하니까, 한번 얘기를 해봐야겠네. 아마 좋아할 것 같은데?"

사실 모든 기획사가 오디션을 보기는 하지만, 짧은 시간에 그 사람의 능력을 알아본다는 건 쉽지 않은 일이다. 그런데 오디션 프로그램은 오랜 시간을 두고 참가자를 관찰할 수 있으니 정말 자세히 살펴볼 수 있다.

잠재 능력이 있는지, 단점과 장점은 무언지, 성격은 어떤지 모두 볼 기회가 있다. 회사 오디션에서는 찾을 수 없는 그런 인재를 발굴할 수 있는 절호의 기회인 것이다. 페가수스도 거절할 이유가 없었다.

게다가 이제 다른 회사들도 모두 아토 엔터테인먼트의 시스템을 따라 하기 시작했다. 아직은 아토 엔터테인먼트가 가장 앞서 있기는 했지만, 그 격차는 예전과 비교하면 많이 줄어든 상태였다.

"괜찮은 참가자라면 성적에 상관없이 데려올 수도 있겠는데?"

"참가자들도 그런 생각을 하겠죠. 여기서 잘 보이면 캐스팅 제의를 받을 수 있다고요. 하지만 프로그램 중에는 그런 문제로 접근하거나 하는 건 금지해야겠죠."

이야기를 나누면서 큰 틀은 잡은 듯했다. 정말 대회의 규모가 엄청나게 커질 것 같았다. 그리고 그런 식으로 생각하니 좋은 점이 한두 가지가 아니었다.

"심사하면서 아예 한류 홍보도 되겠네요. 아시아나 미국과 유럽, 남미까지 전부 현지 오디션을 해도 좋겠어요."

기재원 대표의 머리에서는 큰 그림이 조금씩 윤곽을 드러
내고 있었다. 다른 곳과도 이야기해서 콘서트와 같은 이벤트
를 하는 것도 해봄직한 일이었다. 한류 붐이 거세질수록 모두
에게 이득이니까.

　"그건 그렇고, 재미있는 작품이 많네요?"

　주혁은 드라마 기획안도 살펴보았다. 사실 케이블 방송이
라고 하면 자극적 소재, 폭력, 음란물과 같은 이미지가 강했
다. 저급한 것이 나온다는 그런 이미지였다. 하지만 지금은
많이 바뀌었다.

　공중파보다 규제가 덜해서 다양하고 신선한 소재의 프로
그램이 많았다. 드라마도 마찬가지였는데, 공중파라고 하면
거들떠보지도 않을 그런 소재의 드라마가 많이 보였다. 주혁
은 괜찮다고 생각되는 작품 몇 개를 골랐다.

　미스터리를 파헤치는 법의학관 이야기도 재미있을 것 같
았고, 뱀파이어가 나오는 작품도 흥미로웠다. 그리고 미제 사
건을 전담하는 특별 수사팀의 활약을 그린 작품도 눈에 들어
왔다.

　"이야, 이런 작품들은 정말 괜찮은데."

　주혁은 개인적으로 이런 작품도 공중파에서 방영되었으면
좋겠다는 생각을 했다. 하지만 현실적으로 아직은 때가 아니
었다. 그 외에도 몇 작품을 더 골랐는데, 셋이 고른 작품은 대

부분 겹쳤다. 일부 다른 작품도 있었는데, 개인의 취향 차이였다.

주혁은 작품마다 꼼꼼하게 코멘트를 했다. 문제는 제작비였다. 바사드 투자회사에서 자금을 지원한다고는 하지만, 수익 구조는 확실해야 했다. 하지만 국내만 대상으로 해서는 승산이 없었다.

"그러니까 작품 퀄리티를 높이고, 수출을 해서 수익 구조를 맞추자."

"예, 한국 드라마에 이런 것도 있다. 뭐 그런 것도 보여줄 수 있고 좋지 않겠어요?"

드라마가 수출된 적은 많지만, 케이블 방송에서 제작한 드라마가 수출된 건 극히 드물었다. 하지만 주혁은 어느 정도 자신이 있었다. 제대로 만들기만 한다면 분명히 통할 수 있다고 생각했다.

"우리가 미드 보듯이, 아시아 사람들이 한국 드라마를 보는 거죠."

중국 쪽은 주혁이 도움을 줄 수도 있다. 그리고 타나윙의 이야기를 들어보면, 태국을 비롯한 동남아시아에서도 한국 음악이나 드라마의 인기가 엄청나다고 했다. 그러니 가능성은 충분하다는 게 주혁의 판단이었다.

가능성. 그것만 있으면 도전해 볼 만하지 않은가. 가능성을 현실로 만드는 건 노력과 열정, 그리고 약간의 행운이다. 이야기는 그렇게 정리되었고, 자세한 내용은 조금 더 검토해 보기로 했다.

"드라마는 이 정도면 정리가 된 것 같은데요?"

김중택 대표는 확실히 주혁하고 일하면 편하다고 이야기했다. 작품의 장단점까지 이야기하면서 어떤 부분에 신경을 써야 하는지도 짚어내니까 이후 제작하는 데 도움이 많이 되는 거였다.

"자네는 제작 일을 해야 한다니까."

"나중에요. 참, 페가수스하고 진행하는 건 어떻게 되었어요?"

기재원 대표는 아직 이야기 중이라고 했다. 진행하는 건 거의 확정되었는데, 출연진에 대해서 다소 이견이 있는 듯했다. 서로 소속사 아이돌을 집어넣기 위해서 힘겨루기를 하는 거였다. 이런 건 금방 끝나지 않는다. 아마 당분간은 팽팽한 줄다리기가 이어질 것이다.

하지만 무척 재미있는 프로젝트 같았고, 볼거리도 풍성할 것 같았다. 한 가지 걱정이 된다면, 연기력이었다. 아이돌이 대거 나오는 드라마. 아이돌을 좋아하는 사람들이야 환호하겠지만, 과연 드라마로서의 힘이 있을지 걱정이었다. 하지만 지금은 촬영장에 가봐야 했다.

"그럼 전 이만 가볼게요."

"그래, 수고했어. 3일 뒤에 다시 회의 있으니까 잊지 말고."

"알겠습니다."

주혁은 자리에서 일어났다. 오늘도 밤에 촬영이 있었으니까.

*   *   *

메이크업을 받고 있는데, 장백이가 전화기를 가져왔다. 받아보니 윌리엄 바사드의 전화였다. 주혁은 양해를 구하고 밖으로 나가서 전화를 받았다.

"무슨 일이지?"

─미국에 한번 오셨으면 해서 연락을 드렸습니다, 마스터.

"미국에?"

윌리엄 바사드는 엔터테인먼트 분야의 투자회사를 설립하고 꾸준히 신경을 써왔다. 어떤 분야든 돈으로만 접근하면 실패하기 쉽다. 인맥이란 걸 가볍게 보았다가는 낭패를 당하기에 십상이다.

그런 점을 잘 알고 있는 윌리엄은 꾸준히 영향력 있는 인사들과 접촉을 했고, 투자회사의 자문으로 할리우드의 거물을 앉히기도 했다. 이미 일은 하고 있었지만, 그래도 공식적인 출범을 알리는 파티는 있어야겠다고 생각했다.

"파티라."

—그렇습니다, 마스터. 아마 할리우드의 거물들은 모두 참석하는 자리가 될 겁니다. 그러니 가능하면 오셔서 인사라도 하시지요. 전우치 때문에 사람들이 많은 관심을 가지고 있습니다.

주혁은 고민이 되었다. 물론 전이라면 두말하지 않고 가겠다고 했을 것이다. 그런데 이제는 조금 꺼림칙했다.

'상자만 가지고 갈 수 있어도 이렇게 고민을 하지는 않을 텐데.'

하지만 정말 좋은 기회였다. 자신에 대한 관심도도 적당히 있었으니 파티에 참석해도 자연스러울 것이다. 그래서 꼭 참석하고 싶었다. 유명 배우와 감독도 대거 참석한다는 말을 들으니 가만히 있을 수가 없었다.

'너무 심각하게 생각하지 않아도 되는 거 아닌가?'

사실 이곳에 상자가 안전하게 있기만 하다면, 다녀오는 건 크게 문제 되지 않았다. 혹시라도 무슨 일이 생긴다면 상자가 알아서 작동할 테니까.

"파티가 7월이라고 했나?"

—그렇습니다, 마스터. 영화 촬영이 끝난 뒤로 일정을 잡았

습니다.

윌리엄 바사드가 자신의 일정을 고려해서 날짜까지 잡은 모양이었다. 주혁은 일단 참석하기로 했다. 아직 시간이 많이 남았으니 그동안에 상자를 안전하게 보관할 방법을 찾아보고, 정 불안하면 그때 가서 불참한다고 해도 될 것이다.

지금도 집에 안전장치가 되어 있긴 하지만, 장기간 집을 비워두는 상황이 될 것이니 조금 더 신중할 필요가 있었다.

"그러지. 참석하도록 하겠네."

─알겠습니다. 그러면 그렇게 알고 준비를 해놓겠습니다.

*   *   *

"굳이 자네까지 오지는 않아도 된다니까 그러네."

"그래도 제가 가는 걸 더 바라시잖아요."

주혁의 말에 기재원 대표는 말을 하지 못했다. 중국과 일본, 그리고 동남아시아 국가에 수출 여부를 타진하고 있었는데, 반응이 나쁘지 않았다. 한국 작품들의 위상이 높아져서인지 상당히 적극적인 곳도 있었다.

일단 의향 정도야 서류로 오갈 수도 있겠지만, 어느 정도 진척이 되면 아무래도 사람이 직접 만나야 한다. 그리고 수입을 하겠다고 적극적으로 나오는 곳이 있으면, 기재원 대표나 김중택 대표가 움직여야 했다.

실무 책임자급을 보낼 수도 있지만, 좋은 이미지를 심어주어서 나쁠 것 없지 않은가. 더구나 회사가 새로 정비되는 시기이니 더욱 그랬다. 아무래도 비중 있는 인물이 직접 방문하는 걸 상대방도 더 좋아하지 않겠는가. 그런데 문제는 강주혁과 파이브 스타였다.

제안서에는 드라마의 내용도 있지만, 회사에 대한 내용도 언급되어 있다. 그리고 거기에 대표적인 연예인으로 강주혁과 파이브 스타가 언급되어 있었다.

아시아권에서 그들의 인기는 상상을 초월할 정도였다. 그래서 방문할 때 동행할 수 없느냐는 문의가 들어왔다. 자기들 회사 프로모션에 활용하기 위해서였다. 워낙 유명한 스타들이니 활용할 여지가 많았으니까.

아시아 최고의 스타가 소속된 회사에서 만든 드라마라고 홍보를 해서 기대감을 높일 수도 있고, 그런 대단한 회사와 일한다는 걸 알려서 자기 회사의 이미지를 높일 수도 있었다. 하지만 이미 그들의 스케줄은 꽉 차 있었다.

그런데 그 소식을 들은 주혁이 일정이 되면 동행하겠다고 했다. 당분간은 밤 촬영밖에 없으니까 일찍 출발했다가 촬영 전에만 돌아오면 된다면서. 기재원 대표나 김중택 대표는 펄쩍 뛰었다.

그러다가 몸이라도 축나는 날에는 큰일이라면서. 특히 김중택 대표가 적극적으로 말렸다. 제작을 하면서 촬영 현장에서 같이 살다시피 한 경험도 있는 그였다. 그래서 촬영이 얼마나 고된 일인지 누구보다 잘 알고 있었다.

촬영하다가 틈만 나면 사람들이 왜 쪽잠을 자겠는가. 그만큼 힘들고 지치기 때문이었다. 그런데 촬영을 하면서 외국 일정을 소화한다? 보통 사람의 상식으로는 이해하기 어려운 스태미나를 가지고 있다는 건 알고 있었지만, 그래도 말렸다.

"제가 안 될 것 같으면 이야기를 드릴게요. 저도 사람인데 피곤하면 쉬어야죠. 갈 수 있을 것 같으니까 얘기하는 거예요."

본인의 의사가 그렇다는데 뭐라고 하겠는가. 결국, 촬영 일정에 무리가 가지 않는 범위 내에서 두어 차례 외국 일정을 잡는 것으로 결론이 났다. 물론 중간에라도 체력적으로 문제가 있으면 취소하는 것으로 하고.

주혁은 모든 방법을 동원해서 최대한 빨리 레벨업을 하기로 했다. 그런데 회사 일을 도우면서 그럴 기회가 생겼으니 당연히 하겠다고 나선 거였다. 그리고 첫 일정은 중국이었다.

중국 일정은 회사에서도 모두 긍정적으로 생각했다. 인기도 인기였지만, 중국에서 주혁의 가치는 실로 어마어마하지 않은가.

중국에서 계약할 때는 굉장히 조심해야 한다. 법을 포함한 모든 것이 워낙 중국 사람에게 유리하게 되어 있기 때문이다.

그래서 중국에서 사업하다가 낭패를 당한 사람도 부지기수이다. 비단 한국 사람만 그런 것이 아니라 심지어는 세계적인 기업조차 그런 경우를 당하기도 했다.

그래서 중국에서 사업을 할 때는 **꽌시**를 중요하게 생각하는 거였다. 그런 경우를 방지하기 위해서. 그런데 주혁이 끼면 그런 걱정을 하지 않아도 되었다. 어떤 미친놈이 주혁을 상대로 무슨 짓을 꾸미려고 하겠는가.

물론 주혁이 소속된 회사라는 것을 아는 이상 상대도 조심은 할 것이다. 하지만 실제로 주혁이 모습을 보여주는 것과 그냥 소속되어 있다는 사실만 아는 건 천지 차이다. 당연히 계약을 하는 데도 영향이 있을 것이고.

그리고 그런 사람들의 생각은 정확했다. 아니, 그들이 생각하는 그 정도가 아니었다. 중국에서 주혁의 위치는 그들이 생각한 것보다 훨씬 대단했다. 그건 접대를 하러 나온 사람들의 반응만 봐도 바로 알 수 있었다.

"대인, 이쪽으로 오시지요."

일행을 맞이하러 나온 방송사 관계자가 가장 먼저 다가가서 인사를 건넨 사람이 바로 주혁이었다. 일반적으로는 회사의 대표에게 먼저 인사를 한다. 중국도 서열을 무척 중시하는 편이어서 그런 점은 확실했다.

그리고 지금 온 사람들의 면면도 상대방이 모두 알고 있다. 그럼에도 불구하고 관계자가 주혁에게 가장 먼저 왔다는 건, 일행 중에서 주혁을 가장 높은 서열로 생각한다는 거였다.

그들 입장에서는 당연한 거였다. 다른 사람들은 높아 봐야 회사의 대표인데, 주혁은 세계적인 스타인 데다 주석이나 영부인과 친분이 있는 사람이었다. 애초에 비교할 상대가 아니었다. 사람들은 그런 모습을 보고는 이번 계약은 아주 편하게 진행되리라 예상했다.

주혁은 회담에는 참석하지도 않았다. 공식적인 일정을 소화하고는 휴식을 취했다. 공식적인 일정이라고 해봐야 회사의 주요 인물들과 잠시 대화를 나누는 게 전부였다. 그들은 주혁의 얼굴을 봤다는 것만으로도 만족스러워했다.

물론 그들의 자녀와 기념 촬영을 하거나 사인을 해주는 시간도 조금 있었지만, 오래 걸리지는 않았다. 같이 사진을 찍고 사인을 받은 사람들은 감격에 겨워했는데, 어떤 소녀는 울기까지 해서 그녀의 아버지를 당황하게 했다.

방송사의 임원진 자녀들이니 스타들을 만날 기회가 다른 사람들보다는 많을 것이다. 그런데도 주혁이 모습을 나타냈을 때, 10여 명의 청소년과 젊은 여성들이 비명을 지르면서 발을 동동 굴러댔다.

너무나도 격한 반응에 방송사 임원들도 당황한 표정이 역력했다. 그리고 그들을 제지하려고 하자 불같이 화를 냈다. 가만두면 소란이 더 커질 것 같아서 주혁이 나서서 분위기를 진정시켰다.

　사진을 찍고 사인을 해주며 물어보았는데, 지금 중국에서 최고의 스타는 강주혁이라고 했다. 인터넷에서 가장 뭐뭐 하고 싶은 남자 연예인을 조사하기만 하면 무조건 강주혁이 1위라는 거였다.

　그것도 2위와는 무지막지한 차이가 날 정도로 몰표가 몰리면서. 그래서 관심사는 1위가 누구인가가 아니라 1위와 2위가 얼마나 차이가 나느냐는 거라고 했다. 주혁이야 중국 포털이나 인터넷을 보질 않으니 상황이 그런 줄 알았겠는가.

　그리고 주혁이 입었던 옷이나 신발, 모자 같은 게 대유행이라고 했다. 그래서인지 주혁을 만나러 온 아이들은 어디서 많이 본 옷이나 모자를 입고 있었다. 그렇게 한바탕 소동이 지나갔다.

　"자네가 오는 걸 비밀로 해서 망정이지 알려졌으면 큰일 날 뻔했어."

　기재원 대표는 전보다도 더 인기가 많아진 것 같다며 혀를 내둘렀다. 사실 주혁의 인기가 많다는 거야 들었지만, 설마 이 정도일 줄이야 알았겠는가.

"반응을 보니까 잘하면 기절하는 사람도 나오겠던데요?"

고작 10여 명이 그 정도인데, 대규모로 인파가 모이면 어떻겠는가. 이런 일은 정말 할리우드 톱스타나 겪는 일인 줄 알았는데, 자신에게 일어나자 기분이 무척 야릇했다. 조금 당황스럽기도 하면서 묘한 쾌감을 느꼈다.

하지만 그런 쾌감보다는 졸린다는 느낌이 더 강했다. 제아무리 철인이라고 해도 잠은 자야 하지 않겠는가. 밤샘 촬영을 마치고 아침 일찍 달려온 상황이니 졸린 게 당연했다. 주혁은 방송사에서 제공한 호텔에서 잠시 휴식을 취했다.

*   *   *

"참 대단하네. 정말 부럽다, 부러워."

김중택 대표는 주혁을 보면서 연신 같은 말을 반복했다. 자신이 아는 한 영화 촬영을 하면서 외국 일정을 이렇게까지 많이 소화하는 배우를 본 적이 없었다.

물론 일정이 띄엄띄엄 있다면야 얼마든지 가능하다. 하지만 어디 주혁이 일정의 여유가 있어서 지금 외국을 다니는 것이던가. 밤에는 촬영하고 낮에 시간을 내서 외국에 다녀오는 거였다.

아마 거리가 먼 곳이라면 불가능했을 것이다. 하지만 비행기로 얼마 걸리지 않는 곳들이었고, 약속 장소도 모두 공항 인근에 있는 대도시라 가능한 거였다. 그리고 바로 일정만 소화하고 오후에는 돌아왔으니까.

어차피 주혁이 오래 있을 일은 없었다. 자세한 내용은 자신들이 하면 되었고, 주혁은 일정만 마치고 쉬었다가 먼저 돌아갔으니까. 그런 무리한 일정을 소화하면서도 주혁은 오히려 자신들보다 얼굴이 더 좋았다. 그러니 부럽지 않을 수가 있겠는가.

"주혁아, 좋은 건 나눠 먹자."

"저도 그냥 밥 먹는다니까요."

"붕어 즙이나 홍삼 같은 거 아니고?"

주혁은 웃으면서 말했다.

"제가 언제 다른 거 먹는 거 보셨어요?"

"하기야. 나도 그게 참 이상하단 말이야. 그거 먹고 기운이 그렇게 나나?"

김중택은 이상하다는 듯 고개를 갸웃거렸다. 체력의 차이가 나는 이유는 다른 데 있었지만, 그거야 아무에게도 말할 수 없는 비밀이다.

"그래도 오늘은 좀 괜찮겠네. 하루 여유가 있으니까."

"그러게요. 저도 이렇게 시간이 되는 건 오랜만인 것 같아요."

주인공이라고 해서 모든 장면에 나오는 건 아니다. 그리고 같은 장소에서 촬영되는 장면을 몰아 찍다 보니 주연 배우도 촬영이 없는 날이 간혹 있다. 그날이 바로 오늘과 내일이었다. 그래서 태국에서의 일정은 조금 여유가 있었다.

주혁은 태국으로 향하는 기내에서 푹 쉬었다. 중국이나 일본을 갈 때는 조금 쉴 만하면 도착해서 조금 짜증이 났었는데, 이번에는 아주 만족스러웠다. 정말 죽은 듯이 잔 것 같았다.

"싸왓디 크랍."

주혁은 두 손을 모으고 인사했다. 미리 인사법을 알아보고 한 거였다. 별거 아닌 거였지만, 받아들이는 입장에서는 무척 기분이 좋은 모양이었다. 물론 그 후로는 영어로 대화했다. 태국어는 공부한 적이 없었으니까.

"제가 아는 태국어는 방금 한 인사말이 전부입니다."

태국 CH7 관계자들이 가볍게 웃었다. 이곳에서의 일정도 비슷했다. 주혁은 사람들과 인사를 하고 간단한 인터뷰와 촬영을 했다. 나중에 홍보용으로 써먹을 영상이었다. 그리고 고위층 자녀들과 사진을 찍고 사인을 해주었다.

보통은 여기까지 하고는 호텔로 가서 잠을 잤지만, 오늘은 아니었다. 오면서 푹 쉬기도 했고, 태국에서는 시간이 충분한 만큼 조금 다른 경험을 해보길 원했다. 그래서 오기 전에 미리 방송국을 통해서 이야기를 해놓았다.

"장백아, 태국에 온 적 있어?"

"아니요, 형님. 태국은 처음입니다."

주혁은 장백이와 동행했다. 방송국 관계자가 안내하고 있었지만, 사람들이 장백이라도 같이 가야 안심이 된다면서 동행하게 했다. 사실 주혁 자신도 장백이가 있으면 든든한 것도 있었으니 굳이 반대할 건 없었다.

"타나웡 씨가 같이 왔으면 더 좋았을 텐데."

"촬영 때문에 안 되는 거 아시지 않습니까. 나중에 초대한다고 했으니까 그때 와서 같이 다니면 될 것 같습니다, 형님."

타나웡은 주혁과 상당히 친해졌다. 일단 말이 통하는 게 촬영장에서는 주혁과 장백이뿐이었으니까. 그리고 그는 주혁에게 연기나 액션에 관해서 상당히 진지한 질문을 많이 던졌다. 주혁도 태국이나 다른 궁금한 점에 관해 물었고.

나중에 촬영 마치고 태국으로 초대한다고 했는데, 주혁은 꼭 가겠다고 했다. 주혁도 타나웡이 무척 마음에 들었기 때문이었다. 그의 독특한 분위기가 작품에 정말 잘 어울렸다. 선한 눈을 가진 킬러. 그냥 보기만 해도 무언가 사연이 있을 것 같은 그런 캐릭터였다.

"기대가 되는데? 태국 고수는 실력이 어떨지 말이야."

주혁의 말에 장백이도 눈빛을 빛냈다. 태국은 무에타이가 가장 유명하긴 하지만, 자신이 배운 것과 비슷한 무술도 전해 온다고 알고 있었다.

"그러게 말입니다, 형님. 손이 근질근질한데요."

방송국 관계자가 주혁 일행을 데리고 간 곳은 방콕 시내에서 한 시간쯤 떨어진 곳이었다. 현대적인 느낌이 나는 도심과는 다르게 굉장히 전통적인 분위기가 흐르는 그런 장소였다.

다 왔다는 관계자의 말에 주혁은 차에서 내렸다.

주변을 둘러보니 사람이 많이 살거나 찾아오는 장소는 아닌 듯했다. 낡은 불상이 여기저기 보였고, 집은 굉장히 허름했고, 문도 제대로 달려 있지 않았다.

관계자는 어떤 집 근처로 가서는 알 수 없는 소리를 질렀는데, 집 안에서 역시나 알 수 없는 소리가 들렸다. 그러자 관계자는 집 안으로 들어갔고, 큰 소리가 난 후 후다닥 쫓겨 나왔다.

"이거 죄송합니다."

관계자는 잔뜩 붉어진 얼굴로 잠시만 기다려 달라고 했다. 그리고 핸드폰을 꺼내 어디론가 전화를 걸었다.

*　　　*　　　*

관계자와 노인은 한참 이야기를 했다. 말은 알아들을 수 없었지만, 그냥 보기만 해도 노인은 계속해서 거절하고 관계자는 계속해서 설득하려고 한다는 걸 알 수 있었다. 둘의 평행선이 끝난 것은 손녀로 보이는 여자가 나타나고 난 후였다.

20대로 보이는 여자는 노인을 집 안으로 들여보내더니 관계자와 이야기를 나누었다. 무언가 대화를 하다가 이야기가 잘 풀렸는지 서로 웃었다. 여자는 뒤돌아서는 핸드폰을 꺼내 어디엔가 통화를 했다.

"미스터 강, 이쪽으로 오시지요."

주혁과 장백은 여자를 향해 걸어갔다. 여자는 인기척이 느껴지자 뒤를 돌아보았는데, 주혁을 보고는 눈을 껌뻑이면서 미간을 찌푸렸다. 어디서 많이 본 사람이 눈앞에 있었기 때문이었다.

잠시 어색한 침묵이 이어지다가 여자의 눈이 두 배 정도 커지더니 비명을 지르면서 핸드폰을 떨어뜨렸다. 주혁을 알아본 모양이었다. 주혁은 웃으면서 핸드폰을 집어서 여자에게 내밀었다.

여자의 비명을 들었는지 노인과 사람들이 집에서 나왔다. 사람들의 눈빛이 아주 살벌했다. 여자는 당황해서는 무언가 이야기를 했고, 살벌한 기운은 조금 줄어들었다. 하지만 주혁 일행을 보는 시선은 여전히 곱지 않았다.

"돌아가. 여기는 당신이 올 곳이 아니야."

노인은 독특한 톤의 영어로 말했다. 톤은 이상했지만, 그 안에 주혁을 탐탁지 않게 생각한다는 뉘앙스가 있다는 사실은 확실하게 알 수 있었다.

"할아버지, 이분은 정말 유명한 배우예요. 세계적으로 유명한 스타라고요. 여기에 왔다 간 게 알려지기만 해도……."

손녀는 흥분해서 영어로 이야기하다가 알 수 없는 말로 노인에게 한참을 떠들었다. 주혁이 얼마나 유명한 배우인지 설명하는 듯했다. 손녀의 말에 노인은 코웃음을 쳤다. 잘은 모르겠지만, 유명해 봐야 얼마나 유명하겠냐고 생각하는 것처럼 보였다.

소란이 있자 자신의 집 근처에서 상황을 보던 사람들이 점점 주혁이 있는 곳으로 모여들었다. 개중에는 주혁을 보고 깜짝 놀라는 사람도 있었다. 주혁은 이런 곳에서도 자신을 알아보는 사람이 있자 내심 기분이 좋았다. 한국도 아니고 다른 나라의 외진 곳에서도 사람들이 자신을 알아본다니.

이런 상황에서 덤덤하다고 하면, 아마 그건 거짓일 터이다. 그리고 사람들이 노인에게 이런저런 이야기를 하자 노인도 주혁을 바라보는 눈빛이 조금 달라졌다. 아마 주혁이 생각보다 유명하다는 걸 안 모양이었다.

그리고 같이 온 방송사 관계자와 손녀가 옆에서 계속해서 그에게 말을 걸었다. 그리고 이야기가 계속될수록 노인뿐 아니라 주변에 있는 사람들의 표정도 달라졌다. 그리고 사람들이 무언가 기대에 가득 찬 눈빛으로 노인을 쳐다보기 시작했다.

"다쳐도 책임지지 않겠네. 우리는 대충 하는 방법을 모르니까."

"그 정도는 생각하고 왔습니다."

주혁은 덤덤하게 이야기했다. 이제는 어느 정도 실력에 지신이 있기 때문이었다. 분명히 예전의 자신과는 많이 달라졌다. 이중호 사범이나 미스터 K와 같은 고수에 비하면 아직 턱없이 모자라기는 했지만.

하지만 이중호 사범의 도장에 있는 고수들과 겨루어도 쉽게 지지는 않는다고 자신했다. 그리고 최근 들어서 조금 이상한 일을 겪고 있었다. 그래서 자신감이 더 붙은 상태였다.

주혁의 말을 들은 사람들은 흥미로운 표정이 되었다. 태국에까지 널리 알려진 배우가 고수들과 대련하기 위해서 찾아왔다니 흥미가 생기지 않겠는가. 그리고 손녀는 그런 걸 잘 찍어뒀다가 지긋지긋한 가난에서 벗어나리라 생각하고 있었다.

"태국은 처음이신가요?"

손녀는 주혁의 옆에 딱 붙어서 이것저것 이야기를 했다. 그냥 보기에도 과하게 다가선다는 느낌이 들었다. 손녀의 행동을 본 사람들, 특히 젊은 사내들의 눈빛이 달라졌다.

질투라는 감정. 나쁘지 않다. 그런 원초적인 감정은 전투력을 높이는 데 도움이 된다. 그러니 제대로 된 대련을 할 수 있겠다는 생각이 들었다. 물론 여기에 있는 사람들이 자신이나 장백의 상대가 될지는 모르겠지만.

노인은 주혁을 허름한 도장으로 데려갔다. 그리고 몸이 무척 탄탄하고 삭막하게 생긴 남자 한 명을 지목하면서 무슨 이야기를 했다. 아마 주혁과 대련을 할 상대가 그 사람인 모양이었다. 그런데 아무리 둘러봐도 무기 종류는 보이지 않았다.

"그런데 단검술의 고수는 누군가요?"

주혁은 고개를 두리번거리다가 노인에게 물었다. 사실상 주혁이 여기에 온 까닭은 엄청난 단검술의 고수가 있다고 해서였다. 이중호 사범 본인도 단검술은 부족한 면이 있다고 말했다. 그리고 미스터 K도 자신의 장기는 아니라고 했고.

그래서 그 부분을 보강할 수 있는 경험을 쌓으려 한 거였는데, 주혁의 말을 들은 사람들은 피식 웃었다. 명백한 무시였다. 그들은 주혁이 자신들을 이기리라고는 생각지 않는 듯했다.

"대련에서 실력을 증명해야 만날 수 있다."

"그런가?"

자신을 상대하러 나온 남자가 퉁명스럽게 말했고, 주혁은 덤덤하게 대답했다. 상황이 그렇다면 실력으로 보여주면 될 터. 주혁은 천천히 자세를 잡았다. 주혁이 자세를 잡자 사람들의 눈빛이 조금 변했다.

그냥 덩치가 큰 외국인이라고 생각했는데, 자세를 잡으니 풍기는 기세가 심상치 않았던 것이다. 그제야 사람들은 그동안 보이지 않았던 것이 보이기 시작했다. 주혁의 키가 185센티미터나 되니까 상당히 큰 편이다. 거기다가 몸도 굉장히 단단했다.

"초짜는 아닌 것 같은데."

"그래 봐야 영화배우지."

사람들은 자기들끼리 수군거렸다. 주혁의 상대로 나온 남자도 처음에는 약간 움찔하더니 쉽게 들어오지 못했다. 순식간에 때려눕히리라 생각했었는데, 막상 앞에 서니까 위압감이 엄청났기 때문이었다.

하지만 사람들 앞에서, 특히 촌장의 손녀인 카몰 앞에서 이런 모습을 계속 보여줄 수는 없었다. 사람들의 소리를 지르면서 응원했고, 거기에 힘이라도 얻었는지 남자는 괴상한 소리를 지르면서 달려들었다. 순식간에 건물 안의 분위기가 후끈 달아올랐다.

파박!

건물 안은 갑자기 정적에 휩싸였다. 딱 두 방이었다. 한 방은 옆구리, 다른 한 방은 턱에. 그러자 남자는 그 자리에 허물어지듯 주저앉았다. 남자는 일어서려고 애썼지만, 충격이 남아 있는지 비틀거리다가 다시 쓰러졌다. 사람들이 들어와서 남자를 부축했다.

"이 정도면 된 건가요?"

주혁의 말에 노인은 말이 없었다. 노인도 한때 고수라는 소리를 듣던 사람. 주혁의 실력이 어떤지는 알 수 있었다. 간결하고 정확하게 노려 쳤다. 그것도 상대가 딱 일어서기 힘들 정도로만.

차이가 심하게 나지만, 문제를 일으킬 생각은 없다는 뜻이라는 걸 노인은 알아챘다. 남자가 쓰러지자 자존심이 상한 듯 사람들이 몰려들었다. 그리고 노인에게 자신이 싸우겠다고 서로 이야기했다. 하지만 노인이 손을 들자 조용해졌다.

"실력은 알겠네. 하지만 우리도 자존심을 만회할 기회 정도는 있어야 하겠지. 투안."

노인의 말에 눈빛이 매서운 자가 사람들을 헤치며 걸어 나왔다. 체구나 몸은 방금 상대한 남자와 비슷하거나 약간 큰 정도였지만, 분위기는 전혀 딴판이었다. 날이 시퍼렇게 선 검 한 자루를 보는 듯했다.

파밧.

빠른 공격이 오갔다. 상대의 공격은 무시무시했다. 체구는 작았지만, 공격 하나하나가 모두 치명적이었다. 팔꿈치와 무릎을 이용하는 건 무에타이와 비슷하게 보이기도 했는데, 굉장히 빠르고 사나웠다.

사람들은 손에 땀을 쥐고 둘의 대결을 지켜보았다. 하지만 장백은 팔짱을 끼고 여유로운 표정이었다. 둘의 격차가 그의 눈에는 보였기 때문이었다. 그리고 그걸 아는 사람은 또 있었다. 바로 촌장인 노인이었다.

"그만! 그 정도면 충분하네."

투안이라는 자는 다소 불만스러운 표정이었지만, 그대로 물러섰다. 대결을 더 하고 싶다는 욕구도 있었지만, 그 역시 대결을 더 해봐야 좋을 게 없다는 걸 알고 있었으니까. 노인은 다른 사람들에게 모두 돌아가라고 하더니 주혁을 데리고 어디론가 걸어갔다.

"사람을 만나기 싫어하네. 만나주지 않을지도……."

지금 찾아가는 사람은 다른 이를 만나는 걸 극히 꺼린다고 했다. 노인이 도착한 곳은 마을에서 조금 떨어져 있는 건물이었다.

"제이. 제이~"

불러도 건물 안에서는 대답이 없었다. 노인은 건물 안으로 들어가려 했는데, 안에서 머리를 아주 길게 기른 남자가 한 명 나왔다. 술에 취한 듯 비틀거렸고, 눈빛도 탁해 보였다. 그리고 왼쪽 팔이 팔꿈치까지밖에 보이지 않았다. 하지만 그의 눈빛은 주혁을 보더니 확 달라졌다.

"제이, 일단 내 말부터 듣게."

노인은 주혁을 거절할까 걱정이 되었던지 이유를 설명하려고 했다. 하지만 제이라고 불린 남자는 팔로 노인을 제치고는 조금 걸어와서 주혁을 살폈다. 날카로운 눈빛으로 살펴보던 제이는 입을 열었다.

"안으로 들어와."

그 말을 남기고는 제이는 건물 안으로 들어갔다. 건물이라고는 했지만, 그냥 벽만 있는 커다란 방이라고 해도 무방했다. 주혁이 안으로 들어가니 제이는 바닥에 앉아 있었다.

"당신은 돌아가도 돼, 카룬."

사실상 돌아가 보라는 축객령이었다. 노인은 혹시라도 무슨 일이 생길까 걱정이 되는지 쉽게 자리를 뜨지 못하고 쭈뼛거렸다.

"내가 무슨 일을 벌일 것 같았으면, 여기 들어오라고 했겠나. 쓸데없는 걱정 하지 말고 돌아가."

그 말을 듣고서야 카룬이라고 불린 촌장은 돌아갔다. 주혁은 그러지 않으려고 했지만, 저절로 시선이 그의 팔로 향했다.

"왜? 팔이 이렇게 된 사람 처음 봤나?"

"아닙니다. 그냥 조금⋯⋯."

단검술의 고수가 어쩌다가 팔이 그렇게 되었는지 궁금했지만, 쉽사리 말을 할 수는 없는 일이다. 하지만 제이는 신경 쓰지 않는다는 투로 이야기했다.

"이렇게 되지 않았으면, 아직도 용병으로 살고 있겠지. 아니면 뒈졌거나."

주혁은 용병이라는 말에 갑자기 미스터 K가 생각났다.

"그런데 유명한 배우께서 여기는 어쩐 일로 오셨나?"

"저를 아십니까?"

"그럼. 비록 은퇴했지만, 정보는 중요하거든. 그리고 내가 영화를 좀 좋아해서 말이지."

제이는 껄껄대며 웃더니 추적자에서 연기가 아주 좋았다면서 극찬했다. 자신은 그런 분위기의 영화를 좋아한다면서.

"은퇴를 했는데도, 아직도 그런 분위기가 그리운 모양이야. 가끔은 다시 돌아갈 수 없을까 하는 생각이 들곤 하니까."

항상 피가 흥건한 그런 생활을 하다가 정상적인 생활을 한다는 게 어디 쉬운 일인가. 제정신으로 살아가기 어려운 게 어쩌면 당연한 일일 것이다.

"단검술을 좀 봤으면 해서요. 직접 상대를 해보면 더 좋고요."

"단검술을?"

주혁은 말에 제이는 피식 웃었다.

"가만. 그러고 보니 자네가 한국인이었지."

"한국 사람 중에 아는 사람이라도 있었나 보군요."

"있었지. 아주 멋진 놈이."

제이는 동료 중에 한국인이 한 명 있었다고 했다. 그것도 아주 실력이 뛰어난 사람이.

"보통 S급 용병은 회사에서 코드네임을 부여하지. 내가 있던 회사는 알파벳이 코드네임이었어. 내가 제이, 그 녀석은 케이였지."

주혁은 흠칫 놀랐다. 아무래도 미스터 K를 말하는 것 같아서였다. 하지만 그를 언급하는 것이 과연 좋은 일인지는 판단이 서질 않았다. 그래서 일단은 이야기를 듣기만 했다. 하지만 용병 이야기는 그것으로 끝이었고, 주혁에게 질문을 던졌다.

"몸을 잘 만들었군. 그런데 단검술은 왜 배우려고 하나?"

"이번에 찍는 영화에 필요해서요."

주혁은 조금 더 느낌을 살리고 싶어서 제대로 된 실력자의 솜씨를 보고 싶었다고 했다. 제이는 영화라는 말에 크게 관심을 보였다.

"어떤 영화인지 내용을 좀 들을 수 있겠나."

"은퇴한 특수요원이 있습니다. 그런데……."

주혁의 이야기에 제이는 연신 고개를 끄덕였다. 내용이 무척 마음에 드는 모양이었다.

"어쩐지 자꾸 케이가 떠오르는군. 그 친구도 딸 때문에 은퇴했는데 말이지."

제이는 나지막이 중얼거렸다. 주혁은 시간이 많지 않으니 가능하면 지금 보고 싶다는 말을 했다. 그는 잠시 생각하다가 입을 열었다.

"내일 저녁에 돌아간다고 했나?"

"그렇습니다."

"그러면 내일 아침 일찍 오게. 나도 준비를 좀 해야 하니까."

제이는 사뭇 달라진 표정으로 말했다. 주혁은 거절하지 않은 것만 해도 다행이라고 생각했다. 그리고 내일 다시 오기로 약속하고는 호텔로 돌아왔다.

*　　　*　　　*

호텔에 돌아온 주혁은 고민하다 미스터 K에게 전화를 걸었다. 제이의 존재가 확실한지 궁금해서였다. 그리고 미스터 K와는 어떤 관계였는지도 알아야 할 필요가 있겠다고 생각되었다.

만약 친분이 있는 사이였다면, 여러 가지 활용할 방법이 있을 터이다. 하지만 만약 적대적인 관계였다면 조심할 일. 몸이 불편하다고는 하지만, 그래도 프로였던 자였으니 무슨 일이 벌어질지 알 수 없는 것이다.

만났을 때 무슨 일이 벌어지지 않은 걸 보면, 특별한 위험은 없다고 생각되었다. 그래도 만일을 대비해서 조심하는 것이 좋지 않겠는가. 그래서 전화를 걸어서 제이에 대한 이야기를 물어보았다.

─제이. 오랜만에 듣는 이름이군요. 부상을 당해서 은퇴했다는 이야기는 들었습니다만…….

주혁의 생각대로 둘은 아는 사이였다. 그것도 제법 친분 관계가 돈독했던 사이라고 했다. 온갖 인종이 몰려드는 게 용병 세계다. 제이와 미스터 K는 처음에는 같은 아시아권 사람이라 친분이 생겼다고 했다.

─그러다가 같이 임무도 나가고 손발도 맞춰보니 꽤 괜찮은 친구더군요. 제가 있을 때, 그래도 친하게 지내던 몇 안 되는 용병 중 한 명이었습니다.

"그럼 믿을 만한 사람이라고 봐도 되겠군요."

주혁의 말에 나지막한 콧소리가 들렸다. 그리고는 미스터 K는 차분한 목소리로 대답했다.

―완벽하게 믿을 수 있는 사람은 자기 자신밖에 없는 겁니다. 그 외에는 믿어도 될 확률이 높은 사람과 낮은 사람만 있을 뿐입니다.

주혁은 그건 좀 아니라는 생각이 들었지만, 워낙 살아온 환경 자체가 다르니 그렇게 생각할 수도 있겠다 싶었다. 작은 방심이 생명과 직결되는 삶을 살아왔으니까.

주혁은 단도직입적으로 물었다. 내일 만나서 단검술을 배우기로 했는데, 괜찮겠냐는 거였다. 미스터 K는 오늘 일부터 내일 약속한 부분까지 모두 듣더니, 명쾌한 해답을 주었다.

―특별한 문제는 없어 보입니다. 무슨 일을 벌이려고 했다면, 오늘 만났을 때 움직였을 테니까요. 그래도 혹시 모르니 누구 한 명을 데리고 가시죠. 일행보다는 태국에 있는 관계자가 더 좋을 것 같습니다.

"알겠습니다. 한국에 들어가면 연락드리죠."

주혁은 제이가 과연 어떤 것을 자신에게 보여줄지 기대가 되었다. 그리고 미스터 K의 조언대로 방송사에 연락해서 내일 일정을 이야기하고 동행할 사람을 한 명 부탁했다.

방송사에서는 흔쾌히 그러겠다고 답변을 주었다. 어려운 부탁도 아닌 데다가, 주혁은 굉장히 중요한 손님이었으니까. 그래서 오늘 동행한 사람보다 더 직급이 높은 사람에게 그 임무를 맡겼다.

"불편한 점은 없으셨는지요."

주혁이 묵고 있는 방으로 두 명이 찾아왔다. 한 명은 근엄한 표정의 40대 남자였고, 한 명은 상당한 미모의 20대 여성이었다. 주혁은 괜히 연락해서 사람만 주렁주렁 붙은 게 아닌가 싶었다.

"굳이 이렇게 여러 명이 오지 않으셔도 됩니다만……."

주혁은 멋쩍게 웃었다. 하지만 남자는 자신들의 성의라면서 그냥 조용히 있을 테니 걱정하지 말라고 했다. 그렇다고 굳이 한 명을 빼라고 할 수도 없는지라 모두 같이 가게 되었다.

"이번에는 어떤 영화를 찍으시나요?"

여자는 아나운서였는데, 주혁에게 여러 가지 질문을 던졌다. 관심이 있는 것인지, 아니면 기사 소재를 찾으려고 하는 것인지는 모르겠지만, 무척 적극적인 여자였다. 하지만 주혁은 계속해서 단답형으로 대답했다.

제이에게서 배울 시간은 오늘 반나절 정도밖에는 없다. 그러니 최대한 집중해서 많은 걸 습득해야 했다. 그리고 대결도 생각하고 있었다. 그래서 미리 가져온 연습용 단검 두 자루를 가지고 가고 있었다.

일행이 도착하자 제이는 조금 불편한 표정이었다. 하지만 특별한 말은 하지 않았다. 태국 일행 두 명은 제이를 몰랐지만, 제이는 그 두 사람을 잘 아는 듯했다.

"불편하면 돌려보낼까요?"

"그럴 것까지는 없지만, 조금 떨어져 있게 하는 편이 좋겠군."

주혁은 둘에게 사정을 이야기하고 조금 떨어져서 지켜보라고 이야기했다. 남자는 살짝 기분이 상한 듯했지만, 주혁의 말이라 그대로 따르는 듯했다. 여러모로 볼 때, 태국에서는 제법 힘 있는 자라는 생각이 들었다.

하지만 주혁에게 그런 건 중요하지 않았다. 오로지 지금은 제이에게 신경이 집중되어 있었다.

"그냥 볼 텐가, 아니면 몸으로 배울 텐가?"

"연습용 단검을 두 자루 가지고 왔죠."

주혁은 연습용 단검을 제이에게 내밀었고, 그는 마음에 든다는 듯 이빨을 보이면서 웃었다. 그리고 누가 시작 소리를 내지는 않았지만, 바로 둘의 대결이 시작되었다.

치잇. 쉭. 쉬익.

제이의 단검술은 확실히 치명적이었다. 괴이하고 종잡을 수가 없었다. 그리고 처음 움직일 때는 급소를 노리지 않는 것처럼 보이지만 항상 마지막에 칼이 향하는 곳은 급소였다. 찔리거나 베이면 생명이 위태로운 그런 인체의 부위를 집요하게 노렸다.

"제법이군. 신입 용병이라고 해도 믿겠어."

"섬뜩한데요. 진검이었으면, 얼마 버티지 못했을 것 같습니다."

팔이 잘려서 움직임이 약간 불편한데도 서늘한 느낌이 들정도였다. 아니, 서늘하다는 말로는 부족했다. 그의 움직임을보고 있자면, 피비린내가 나는 느낌이 들었다. 그것도 아주진한 피 냄새가.

만약 팔이 잘리지 않았다면, 순식간에 제압당했을지도 몰랐다. 하지만 지금은 그럭저럭 버티고 있었다. 간혹가다 반격까지 해가면서.

팔이 일부 없는 게 그렇게까지 큰일이냐고 생각하는 사람이 있을 수도 있다. 어차피 단검을 쓰는 오른손은 멀쩡했으니별 상관없다고 여길 수도 있다. 하지만 천만의 말씀이다. 움직임 자체가 달라진다. 주혁은 그 덕을 톡톡히 보고 있었다.

"잠시 쉬었다가 하지."

30여 분을 움직이고 나서 제이가 먼저 쉬자는 말을 했다.주혁도 거의 탈진한 상태였다. 혹시 권투를 해본 사람이면 알것이다. 3분 동안 격렬하게 싸우는 게 얼마나 힘든지를. 일반인은 그 3분이 30분처럼 느껴진다.

주혁은 제이가 은퇴를 하고서도 꾸준히 단련해 왔음을 느낄 수 있었다. 만약 그렇지 않았다면, 30분까지 이렇게 움직이지 못했을 것이다. 기술적인 부분이야 몸이 기억하고 있다고 해도, 체력은 꾸준히 관리하지 않으면 티가 나는 것이니까.

"그래, 태국에는 이 일 때문에 온 것인가?"

"겸사겸사 오게 되었습니다."

주혁은 드라마 수출과 관련해서 계약을 하러 오게 된 이야기를 간단하게 했다. 그리고 드라마 내용도. 제이도 내용이 흥미롭다면서 좋아했다. 그런데 제이는 주혁이 드라마 수출과 무슨 상관이 있어서 오게 됐냐고 물었다.

그래서 미래 컨소시엄에서 어떤 식으로 서류를 보냈으며, 방송사에서 주혁이나 파이브 스타가 와주었으면 하고 요청했다는 사실을 말해야 했다. 제이는 설명을 듣다가 바사드 투자회사의 이름이 언급되자 잠시 눈빛을 빛냈지만, 주혁은 미처 보지 못했다.

"참, 케이라고 아시죠?"

"케이? 그를 자네가 어떻게 알지?"

주혁은 조심스럽게 이야기를 풀었다. 특수 무술을 배우려다 보니 어찌어찌하다가 연결이 되었다고. 그래서 어제 통화를 했더니 아는 사이라고 확인을 해주었다고 했다. 물론 자세한 사정 이야기는 숨긴 채로.

제이는 이해가 된다는 듯 고개를 끄덕였다. 이런 종류의 무술을 제대로 배우기 위해서 사람을 찾았다고 하니 그럴 수도 있다고 여기는 모양이었다. 주혁이 태국 방송사에 연락해서 단검술 고수를 찾았을 때, 누군가가 자신을 추천한 것처럼.

"혹시 그의 연락처를 알려줄 수 있나?"

주혁은 일단 의향을 물어보고 답변해 주겠다고 했다. 주혁이 물어보지도 않고 대뜸 번호를 알려줄 수는 없는 거였으니까. 그래서 바로 당사자와 통화를 했는데, 미스터 K가 밤에 직접 연락하기로 했다.

소식을 들은 제이는 흐뭇한 표정이었다. 친했던 동료와 오랜만에 연락을 한다고 하니 즐거운 모양이었다. 제이는 잠시 웃다가 새로운 이야기를 꺼냈다. 이야기를 시작하기 전에 잠시 망설였는데, 이내 결심을 한 듯 술술 풀어냈다.

"이건 확인되지는 않은 이야기인데⋯⋯."

제이는 얼마 전 연락을 한 옛 동료에게서 들었다면서 이야기를 시작했다. 그는 로저 페이튼이 지금의 상황을 바꾸기 위해서 윌리엄 바사드의 이권 사업이나 사업체에 타격을 가할 것이라는 소문이 있다고 했다.

"장소가 어딘지는 모르겠지만, 용병들을 은밀히 고용한 모양이야. 그것도 A급 이상으로만."

주혁은 깜짝 놀랐다. 하지만 그의 말이 아주 허황된 것은 아니라는 생각이 들었다. 그만큼 윌리엄 바사드의 기세가 좋았으니까. 게다가 이번에 화교 자본과도 관계를 개선했다. 그러니 로저 페이튼으로서는 더욱더 궁지에 몰린 상황.

'전환점을 모색한다고 하면, 극단적인 선택밖에는 없겠지. 아니면 기회가 올 때까지 계속 참고 있든가.'

사실 그런 일이 벌어지는지 알 수는 없다. 소문이 모두 사실은 아니니까. 하지만 경고는 해주는 편이 좋겠다고 생각했다.

"그렇군요. 그런데 왜 그런 이야기를 저에게……."

"그냥 작은 선물이라고 생각하게. 케이와 오랜만에 연락을 하게 해준 선물."

"그래도 이런 정보를……."

주혁이 과분한 것이라는 투로 이야기하자 제이는 피식 웃었다.

"자네는 케이가 어떤 사람인지 모르니까 그런 소리를 할 수 있는 거야."

제이는 미스터 K와 연락이 다시 이어진 것에 대해서 굉장한 의미를 두고 있었다. 주혁도 미스터 K가 꽤 능력 있는 인물이라는 건 알고 있었지만, 이렇게 다른 사람으로부터 이야기를 들으니 그의 위상을 알 수 있었다.

"물론 정보를 알려주지 않아도 상관없긴 한데, 내가 공짜를 아주 싫어해서 말이지."

제이는 다소 서글픈 표정으로 말하면서 잘린 팔을 들어 보였다. 주혁은 어떤 사연인지는 모르겠지만, 팔을 잘린 사건이 공짜와 관련된 사연이라는 걸 알 수 있었다. 하지만 어떤 사연인지 같은 걸 물어볼 수는 없는 일.

그리고 이제 제법 쉬었으니 다시 여기에 온 목적에 신경을 써야 할 때였다. 제이도 그걸 알았는지 자리에서 일어섰다.

*　　　*　　　*

정말 대단했다. 실력도 실력이었지만, 제이는 경험에서 우러나온 조언을 많이 해주었다. 자신이 불리한 상황에 처했을 때, 어떻게 대처해야 하는지 이야기해 주었다. 실제 경험을 바탕으로 말해주니 확실히 이해하기가 좋았다.

"그래, 뭐 배우러 간다더니 소득이 좀 있었나?"

"아마 이번에 태국에 오지 않았으면, 엄청나게 후회했을 것 같네요."

"그 정도야?"

김중택 대표는 여기 온 사람 모두가 잘되었다면서 만족스러운 표정을 지어 보였다. 그 역시 계약도 만족스럽게 진행되었고, 앞으로도 지속해서 한국 드라마를 수입한다는 언질까지 받았으니 큰 성과를 얻었다고 할 수 있었다.

"문제는 콘텐츠지. 좋은 작품만 만들면, 판로는 얼마든지 개척할 수 있다는 자신감이 생기는군그래."

"우리나라의 작품들이 그만큼 퀄리티가 높다는 거겠죠."

김중택 대표는 지금 드라마 채널을 미국의 HBO와 같이 키우는 게 목표였다. 최고의 드라마를 자체 제작하는 채널로 발돋움하는 것. 그리고 그 목표를 향한 새로운 시작이 시작되는 거였다.

주혁은 그 방향에 전적으로 동의했고, 자신이 도울 수 있는 건 최대한 도우리라 생각했다. 다양한 소재의 신선한 작품이 많아져야 한다고 예전부터 생각해 왔으니까. 그리고 지금 상태로만 간다면, 그 목표를 이룰 수 있으리라 자신했다.

그리고 한국에 돌아온 주혁은 잠시 생각하다가 윌리엄 바사드에게 연락을 했다. 확실치도 않은 정보라서 알리지 않을까 생각도 했다. 그리고 윌리엄 바사드도 무언가 위험에 처해봐야 자신에게 더욱 의지하지 않을까 해서였다.

하지만 역시 그렇게 무언가를 꾸미고 하는 건 성미에 맞지 않았다. 그래서 바로 연락을 취했다.

―무언가 꾸미고 있다고요?

"확실치는 않지만, 그렇다는 첩보가 있더군. 이권 사업이나 사업체를 노린다고 말이야. 그리고 은밀하게 용병들을 고용하고 있다는 소문도 있어."

―알겠습니다. 제가 한번 알아보겠습니다.

대답은 했지만, 윌리엄 바사드는 골치가 아팠다. 주혁의 말이니 허투루 들을 수는 없는 일인데, 벌여놓은 사업과 업체가 어디 한두 개여야 방비를 하든 말든 할 거 아닌가. 그래서 일단 용병 시장에서의 움직임을 예의주시하게 하고, 각별히 방비에 신경을 쓰라고 지시했다.

하지만 특별한 움직임은 감지되지 않았고, 바짝 긴장했던 사람들은 점차 긴장이 풀어졌다. 그러는 사이에도 그들을 덮칠 새로운 파도가 은밀한 곳에서 준비되고 있었다.

CHAPTER **51**
대체가 불가능한 배우

같은 장면이라도 배우에 따라서 완전히 다른 영상이 될 수 있다. 무언가 끌리는 장면이 될 수도 있고, 아무런 임팩트도 없는 장면이 될 수도 있는 것이다. 좋은 배우일수록 관객의 시선을 끌어당긴다.

　"괜찮지요?"

　질문을 받은 촬영감독이 허탈하게 웃었다. 사실 촬영을 맡은 입장에서는 조금 마음에 들지 않는 부분도 있었다. 그런데 주혁의 연기가 워낙 흡입력이 강하다 보니까 그런 자잘한 부분은 눈에 보이지도 않았다.

"아쉬운 점이 있기는 한데, 그쪽으로는 시선이 가지도 않네요."

촬영을 하다 보면 항상 시간이 모자란다. 시간 여유가 넘치는 그런 촬영장은 없는 법이다. 지금도 그렇다. 이제 해가 떠오르려고 하고 있었다. 조금만 지나면 촬영은 접어야 한다. 그리고 그 급박한 순간에 주혁의 연기력은 빛을 발했다.

딱 한 번에 좋은 장면을 만들어낸 것이다. 촬영을 하면서 집중력이 굉장한 배우라는 생각은 하고 있었지만, 잠깐 못 본 사이에 더 괴물이 되어서 돌아왔다.

영화판에서 하루 이틀 일한 사람들이 아니다. 다들 경험이 있을 만큼 있었다. 그런데도 주혁의 연기를 보면, 시선을 뗄 수가 없었다. 그의 감정 연기는 사람의 마음을 쥐고 흔들었다. 이 바닥에서 굴러먹던 사람들도 그럴 정도인데, 일반 관객들은 오죽하겠는가.

"원톱이라서 괜찮겠느냐는 말도 있었는데, 영화 개봉하면 그런 말 쏙 들어가겠어요."

최근에는 원톱 영화가 거의 없었다. 악역이든 동료든 대부분 투톱으로 가는 경우가 많았다. 그 이상도 있었고. 그런데 특이하게도 원톱으로 간다고 하니 아무리 주혁이라도 위험할 수 있다는 이야기가 나왔던 것이다.

하지만 그런 말을 한 사람이 머쓱해질 정도로 주혁의 포스는 압도적이었다. 촬영을 하면서도 이 정도면, 편집을 했을 때는 엄청난 작품이 나올 수 있다. 그래서인지 밤샘 촬영에도 피로감이 훨씬 덜한 듯했다. 기대감이란 놈이 몸에 활력을 불어넣고 있었으니까.

"자, 자. 다들 정리합시다."

감독의 외침에 사람들이 부산하게 움직이기 시작했다. 이미 하늘은 붉은 기운을 머금으면서 밝아지고 있었다. 남들은 잠에서 깨어나고 출근 준비를 할 시간, 촬영장 사람들은 퇴근 준비를 하고 있었다.

"오늘부터 클럽 장면이죠?"

주혁은 한껏 기대감을 품은 채 이야기했다. 드디어 고대하고 있었던 액션 장면이 나오는 클럽에서의 촬영. 감정 연기도 좋기는 했지만, 그동안 고생하면서 몸에 익힌 것을 보여주기를 학수고대하고 있었다.

"어지간히 몸이 달았던 모양이네. 이렇게 즐거워하는 걸 보면 말이야."

"고생했는데, 그동안 제대로 보여줄 기회가 없었잖아요."

주혁은 어지간히 즐거운지 목소리가 높아졌고, 그의 말에 근처에 있던 사람들의 기대감도 같이 높아졌다. 그동안 엄청난 훈련을 받아왔다는 사실은 모두가 알고 있었다.

게다가 무술감독의 말도 있었다. 무술감독은 지금까지 볼 수 없었던 걸 보게 될 것이라고 호언장담했다. 그래서 과연 어떤 액션을 보여줄지 모두가 궁금해하고 있었다. 그리고 오늘 저녁이면 그 장면을 볼 수 있을 것이다.

"그럼 저는 이만 가볼게요."

"그래. 어서 가서 쉬어. 오늘 저녁에는 많이 움직여야 할 테니까."

주혁은 스태프들에게 인사를 하고 집으로 향했다. 그리고 집에 도착해서는 윌리엄 바사드에게 전화를 걸었다. 오늘 촬영을 마치면 연락을 달라고 전해왔기 때문이었다. 주혁은 윌리엄 바사드용 캐릭터를 떠올리면서 통화를 했다.

"그래, 무슨 일이지?"

―할리우드 파티 때문에 연락드렸습니다, 마스터.

윌리엄 바사드는 파티의 날짜와 장소, 그리고 초대 손님의 명단을 메일로 보냈다고 알려왔다. 이미 오래전에 참석할 사람들에게 연락은 가 있었지만, 이번에 최종적으로 확정되었다고 했다.

주혁은 바로 메일을 확인했는데, 정말 쟁쟁한 사람들의 이름이 들어 있었다. 이름만 대면 우리나라 사람도 알 만한 배우와 감독부터 시작해서, 거물 제작자들과 투자자들. 그리고 유명 정치인과 스포츠 스타도 명단에 있었다.

윌리엄 바사드는 일부는 자신도 참석하게 해달라면서 로

비하기도 했다며 웃었다. 회사의 주인이 윌리엄 바사드라는 걸 알고는 어떻게든 얼굴도장을 찍으려는 사람이 줄을 이었던 것이다. 주혁은 다시 한 번 윌리엄 바사드의 위치를 실감했다.

"그런데 동양인은 거의 보이지 않는군."

─일부러 대부분 배제했습니다. 파티에서 마스터가 돋보이기 위해서는 그러는 편이 좋다고 생각되어서 제가 직접 참석자를 챙겼습니다.

그렇다고 동양인을 전부 빼버리면 문제가 될 수도 있다. 할리우드에는 아직 윌리엄 바사드에게 호의적이지 않은 세력도 있었다. 그들에게 굳이 꼬투리를 잡힐 만한 일을 할 필요는 없었다.

그래서 동양인을 넣되, 주혁과 캐릭터가 겹치지 않는 사람 위주로 선별했다. 그래서 30대 초반의 동양 남자는 오로지 주혁 한 명이었다.

주혁은 파티에 참석하면, 알게 모르게 주목을 받게 되리라고 생각했다.

"혹시 무슨 문제는 없나?"

─아직까지는 별다른 움직임은 없습니다. 그런데 확실히 조금 이상하기는 합니다.

윌리엄 바사드는 아직 특별히 문제가 일어난 곳은 없는데,

용병 시장의 움직임이 조금 이상하다고 했다. 하지만 아주 은밀하고 조용한 움직임이었다. 주혁이 이야기를 해주지 않았으면, 절대 눈치채지 못했을 정도였다.

─일단은 우리가 이미 알고 있다는 사실이 퍼지지 않게 조심하고 있습니다.

역시나 윌리엄 바사드도 호락호락한 인물은 아니었다. 용병 시장을 중심으로 은밀히 정보를 모으고 있었다. 누가 언제 어디를 공격할 것인지 알아내기 위해서. 방어만 신경 쓰는 게 아니라 오히려 역습을 준비하고 있었다.

─미국에서 열리는 파티는 특별히 더 보안에 신경 쓰고 있으니 걱정하지 않으셔도 됩니다. 그래서 정치인도 일부러 집어넣었습니다.

유명 정치인이 생각보다 많다고 생각했었는데, 그런 이유가 있었다. 중동의 테러리스트라면 모를까, 로저 페이튼이라면 유명 정치인이 참가하는 파티에 무슨 짓을 하지는 않을 것이다. 주혁은 윌리엄 바사드의 일 처리가 마음에 들었다.

"준비가 잘된 것 같군. 기대가 크네."

주혁의 말에 윌리엄은 어떤 자리인데 소홀히 준비를 하겠느냐면서 너스레를 떨었다. 실제로 윌리엄이 속한 조직에서도 굉장히 이례적인 일로 받아들이고 있었다. 그가 이렇게 직접 행사를 진두지휘하는 건 드문 일이었으니까.

약간 꺼려지는 게 있기는 했지만, 윌리엄이 그 정도로 신경을 쓴다니 조금은 안심이 되었다. 주혁은 잠들기 전에 문득 떠오르는 게 있어서 상자와 대화를 했다.

[이봐, 물어볼 게 있는데.]

[그래, 뭐지?]

[나에게 무슨 문제가 생기면, 자동으로 작동하는 것 같던데 말이야.]

[정확하게는 상자의 소유자가 사망할 경우, 자동으로 작동하게 되어 있지.]

이미 한 번 경험했던 일이다. 그런데 그 부분에 대해서 궁금한 점이 있었다.

[그럼 동전은 몇 개가 사용되는 거지?]

[그건 설정할 수 있다.]

상자는 동전 두 개를 사용할 수도 있고, 하나만 사용하도록 세팅을 할 수도 있다고 했다. 그리고 두 상자 중에서 어느 한쪽 기능을 사용할 수 있게 만들어놓을 수도 있다고 했다. 주혁은 잠시 고민했다.

동전을 두 개 사용할 필요는 없었다. 하나만 사용하면 되는데, 어느 쪽을 사용해야 할지 몰라서였다. 고민을 하던 주혁은 하루가 반복되는 걸 선택했다. 며칠 전으로 돌아가는 것보다는 하루가 반복되는 편이 더 낫다고 판단해서였다.

'돌아와서 숫자가 몇이 되었는지 확인만 하면 문제 해결하는 데 하루가 반복되는 게 훨씬 유리할 거야.'

그리고 만약 그렇게 해도 문제가 해결되지 않으면, 그때 다시 동전을 사용해도 늦지 않는다는 판단이었다.

[혹시 거리가 멀다고 작동이 되지 않거나 하는 건 아니겠지?]

[그럴 일은 없다. 거리는 아무런 제약이 되지 않는다.]

주혁은 안심하고 미국에 다녀올 수 있게 되었다고 생각했다. 그러다가 또 다른 의문이 들었다.

[혹시 다른 상자도 이런 기능이 있나?]

[다른 상자의 능력에 대해서는 아직 이야기해 줄 수 없다.]

주혁은 잠시 고민하다 질문을 살짝 바꾸었다.

[소유자를 살리는 기능은 1번 상자 고유의 기능인가?]

자신이 가지고 있는 상자에 대한 질문은 가능했다. 그러니 이 질문에 대한 답변을 들으면 다른 상자도 그런 능력이 있는지 알 수 있는 것이다. 맞는다고 하면 다른 상자에는 살리는 능력이 없는 것이고, 아니라고 하면 다른 상자도 소유자를 살릴 수 있는 것이고.

[영리하군. 그래, 정확하다. 소유자를 살리는 능력은 나만의 고유 능력이다.]

주혁은 주먹을 꽉 쥐면서 쾌재를 불렀다. 사실 다른 상자도 그런 능력이 있다면 골치가 아팠을 것이다. 변수가 아주 많아지니까. 하지만 다른 상자는 그런 능력이 없다.

"가만. 다른 상자의 주인은 내가 이런 능력이 있다는 걸 알지 못하잖아."

아직 레벨 3에 도달한 사람은 없었다. 그러니 서로 다른 상자의 능력에 대해서 알 수 없다. 그러니 당연히 주혁에게 이런 능력이 있다는 사실을 다른 상자의 주인은 모르는 것이다.

그렇다는 건 자신이 굉장히 유리한 위치를 점하고 있다는 게 되었다. 자신은 막무가내로 들이댈 수 있는데, 다른 자들은 그러지 못한다는 거였으니까.

"오케이. 이보다 더 좋을 수는 없지. 이제 마음 놓고 움직여도 되겠어."

주혁은 상자를 안전하게 보관할 수만 있으면, 얼마든지 자유롭게 활동할 수 있겠다고 생각했다. 다른 상자의 주인? 이제는 만나도 하나도 두렵지 않았다. 목숨이 여벌로 있는데, 무슨 상관이란 말인가.

*   *   *

기분이 좋아서였을까. 주혁의 집중력은 그 어느 때보다도 좋았고, 움직임 하나하나가 인상적이고 느낌이 있었다.

아무런 표정 없이 주혁은 상대를 향해서 뚜벅뚜벅 걸어갔다. 화를 내는 것도, 상대를 노려보는 것도 아니었다. 그냥 무표정한 얼굴로 걸어갔다. 아주 빠르지도, 그렇다고 굼뜨지도 않은 그런 속도로.

'뭐야, 무표정한데 뭐가 이렇게 살 떨리는 느낌이지?'

상대 배우는 기묘한 느낌을 받았다. 아무런 표정이 없는데도 뒷골이 서늘했다. 오히려 약간 슬픈 표정이라는 생각마저 들었다. 그런데도 무서웠다.

그리고 이어지는 격투 장면. 사실 격투라고 할 수도 없었다. 일방적으로 제압당하는 장면이었으니까. 그런데 움직임이 평소보다 더 빠른 것 같았다. 상대 배우는 어떻게 되리라는 걸 알고 있었으면서도 약간 어리둥절한 느낌이 들었다.

그만큼 빠르고 정확하게, 그리고 힘 있게 동작이 이루어져서 순식간에 자신의 팔이 뒤로 꺾였다. 만약 실제 상황이었다면, 정말 겁이 더럭 났을 것 같았다.

주혁은 무표정한 표정으로 입을 열었다. 그의 입에서는 소미가 어디에 있느냐는 묵직한 소리가 흘러나왔다. 상대 배우는 욕설을 내뱉었지만 주혁은 무표정한 얼굴로 손에 힘을 주었고, 상대의 어깨에서는 더 많은 피가 흘러나왔다.

"컷. 오케이."

감독의 외침에 다시 촬영장이 어수선해졌다. 사람들이 모여서 이야기를 나누었는데, 다들 주혁의 연기가 오늘따라 더 힘이 있다고 이야기했다. 눈을 뗄 수 없게 만드는 힘이 다른 때보다도 훨씬 강하다는 거였다.

하지만 주혁은 타나웡과 앞으로 찍을 장면을 이야기하느라 그런 상황을 알지 못했다. 둘이 처음으로 맞붙는 장면이었다. 연습을 여러 차례하고 호흡을 맞춰보았지만, 그래도 실제 촬영은 또 다르다.

게다가 바닥에는 여배우가 있으니 밟지 않게 신경을 써야 했다. 그렇다고 거기에 신경을 쓰느라 액션이 무뎌져서는 절대로 안 될 일. 그래서 둘의 호흡이 정말 중요했다. 하지만 타나웡도 정말 어려운 훈련을 훌륭하게 소화했다.

아예 이런 방면으로 무지했다면 불가능했겠지만, 그래도 무에타이를 연마했던 몸. 어려웠지만, 주혁과 같이 연기할 만큼은 실력을 끌어 올릴 수 있었다.

"걱정이야. 고수로 보여야 하는데, 자네와 비교되니 이거야 원."

타나웡은 엄살을 떨었다. 하지만 반쯤은 진심이었다. 주혁의 실력이 워낙 뛰어나서 과연 자신의 역할을 잘할 수 있을까 걱정이 드는 건 사실이었으니까. 하지만 이미 주사위는 던져진 상태가 아닌가. 이제는 지금까지 자신이 흘린 땀을 믿는 방법밖에는 없다.

"무슨 소리예요. 충분히 잘하시면서."

"그런가? 말이라도 고맙군. 그럼 잘해보자고."

"그러죠. 그럼 슬슬 시작해 볼까요?"

주혁과 타나윙은 동시에 일어섰다. 그리고 서로를 쳐다보면서 살짝 웃었다. 둘의 눈빛에는 서로에 대한 믿음이 반짝이고 있었다.

*　　　*　　　*

만석 역으로 출연 중인 김희운은 슬쩍 시계를 보았다. 요즘은 핸드폰 때문에 시계를 차고 다니는 사람이 별로 없긴 하지만, 오랜 습관 때문인지 아직도 자신은 시계가 편했다. 이곳에 온 지 벌써 열세 시간. 하지만 아직도 자신의 차례가 오려면 시간이 더 필요했다.

"아직 멀었나? 아이구구."

그는 몸을 풀면서 중얼거렸다. 계속 앉아 있었더니 몸이 굳은 듯했다. 오늘 자신이 촬영할 분량은 얼마 되지 않는다. 하지만 촬영이 있으니 촬영장에는 와야 했다. 딱 한 컷을 찍기 위해서 열 시간 넘게 기다릴 수도 있는 게 바로 촬영장이다.

"그래도 젊은 애들이 북적거리니까 활기차고 좋네."

클럽 장면의 촬영이라 춤을 추는 젊은이들이 필요했다. 그래서 서울종합예술학교 학생들이 와 있었다. 다들 촬영장이 신기한지 눈을 반짝이고 있었고, 특히나 여학생들은 주혁을 보면서 자기들끼리 꺅꺅거렸다.

하기야 남자인 자신이 보기에도 매력적인데 젊은 여자애들은 오죽하겠는가. 참 세상은 불공평한 것이, 자신은 비싼 메이커 양복을 입어도 폼이 제대로 나지 않았다. 그런데 주혁은 허름한 깔깔이만 입어도 그 자체로 뭔가 있어 보였다.

추적자를 찍을 때, 경찰서에서 추레하게 보이는 티를 입혔는데 주혁이 입고 나니까 너무 멋져 보여서 당황했다는 이야기가 생각났다. 그 말을 들었을 때는 그냥 그러려니 했는데, 같이 촬영하면서 보니까 진짜 아무거나 입고 서 있어도 그냥 화보였다.

보통은 미남 배우들은 연기력이 좀 부족한 경우가 있다. 아니면 귀공자 스타일과 같은 특정 분위기의 역할만 잘 소화한다든가. 사실 그래야 공평하지 않겠는가. 그런데 강주혁이란 배우는 세상이 공평하지 않다는 걸 보여주는 배우였다.

"뭘 그렇게 중얼거려요?"

고개를 슬쩍 들어 보니 강도언이었다. 김 형사 역을 맡은 후배. 넉살도 좋고, 연기력도 괜찮은 녀석이었다.

"어, 그냥."

도언은 옆자리에 털썩 주저앉았다. 좋은 역할만 맡으면 충분히 더 클 수 있는 녀석인데 그러지 못해서 참 아쉬운 후배였다.

하기야 지금 자신이 누굴 걱정한단 말인가. 자신도 아직 길거리를 돌아다녀도 알아보는 사람이 없는 처지인데 말이다. 그래서 이 영화에 캐스팅되었을 때 굉장히 기뻤다. 악역이기는 해도 상당히 매력적이고 비중도 큰 역할이었으니까.

그리고 주인공에 강주혁이 캐스팅되었다는 소식을 듣고는 만세를 불렀다. 흥행 보증수표나 다름없는 엄청난 스타였으니까. 국내 영화와 드라마 캐스팅 1순위. 국내뿐 아니라 일본과 중국에서도 캐스팅 제의가 밀려들어 오는 아시아권 최고의 스타.

그래서 이 영화는 분명히 성공할 수 있으리라 생각했다. 저정도 주연 배우에 이런 시나리오를 가지고 성공하지 못하면 말이 되지 않는 거였다. 그래서 자신이 맡은 배역에 대해서 엄청나게 연구했고, 촬영이 없는 날에도 촬영장에 와서 세심하게 살폈다.

조금이라도 더 나은 연기를 위해서였다. 자신에게 찾아온 절호의 기회. 그 기회를 절대로 놓치고 싶지 않았다. 그의 상념을 깬 건 도언의 팔꿈치였다. 도언은 팔꿈치로 그를 툭툭 치면서 말했다.

"형, 시작한다."

"어, 그래."

둘은 자리에서 일어났다. 타나웡과 주혁의 격투 장면을 구경하기 위해서였다. 모두가 기대하고 있는 둘의 격투 장면. 감독의 액션 소리와 함께 둘의 불꽃같이 맹렬한 공방이 시작되었다.

희운은 자신이 생각한 것이 옳다는 걸 방금 확인했다. 주혁과 타나웡의 격투 장면을 보고 나서 생각은 확신으로 바뀌었다.

감히 말할 수 있었다. 지금까지 본 적이 없는 액션이었다고. 아직도 그 광경을 떠올리면 짜릿짜릿한 느낌이 들었다. 정말 고수들 간에 실제로 대결이 벌어지면 이런 식이겠구나 하는 생각이 들었다.

리얼한 느낌이 들면서도 개싸움같이 보이지는 않았다. 사실 진짜 싸움은 멋지게 보이지 않는다. 투박하게 엉겨 붙어서 뒹굴거나, 지저분하다는 느낌을 주는 경우가 대부분이다. 그런데 둘의 대결은 그런 느낌이 없었다.

날것의 느낌을 주면서도 힘과 멋을 놓치지 않는 그런 액션이었다. 연기와 실제의 아주 미묘한 지점을 오가는 그런 느낌. 그래서 감독의 컷 소리가 났을 때, 사람들은 일제히 웅성거렸다. 이거 되겠다고. 분명히 터질 거라고.

감독과 스태프들도 살짝 흥분한 기색을 보였고, 주혁과 타나윙도 화면을 확인하고는 만족스러운 표정을 지었다. 그동안 훈련을 한 보람이 있다는 느낌이 드는 장면이 나왔으니까. 여러 번 촬영을 해서 다소 지친 감은 있었지만, 뿌듯한 감정이 그런 피로를 몰아냈다.

그런데 주혁은 오늘도 조금 이상한 경험을 했다. 정신을 집중했을 때, 시간이 약간 천천히 흐르는 것 같은 기분이 들었던 것이다. 그렇다고 시간이 아주 느리게 흐르는 건 아니었다. 다만 약간, 아주 약간 느리게 흘렀다.

'아니면 생각하는 게 빨라진 건가?'

태국에 갔을 때, 제이와의 대결에서 처음 겪은 일이었다. 시간이 약간 느리게 흘렀고, 시선도 약간 공중으로 떠오르는 것 같은 느낌이 들었다. 마치 살짝 위에서 자신을 보는 그런 느낌. 처음에는 적응하지 못해서 실수를 하기도 했다.

상자에게 물어보았지만, 그건 자신도 잘 모르겠다고 했다. 자신에게서 받은 에너지가 잠재 능력을 개발하는 데 효과가 있으니, 그 때문일 거라는 이야기뿐이었다.

그런데 그런 상황은 쉽게 다시 경험할 수 없었다.

집중력이 거의 극한에 이르렀을 때 그때 그런 현상이 일어나는 듯했다. 그런데 집중력이란 게 어디 자기 멋대로 조절이 가능한 것이던가. 그동안 다시 경험하고 싶어서 노력했었지만, 한 번도 성공하지 못했다.

그런데 오늘 그런 경험을 다시 하게 된 거였다.

주혁은 잠시 밖으로 나와서 그 감각을 떠올리려 했지만, 잡힐 듯 잡힐 듯하다가 이내 사라져 버렸다.

아쉬웠지만 거기까지였다.

그 감각에 대한 건 잠시 잊고 다시 촬영에 집중해야 할 차례. 주혁은 마음을 굳히고 다시 촬영장으로 걸음을 옮겼다.

*　　　*　　　*

오랜만에 낮에 하는 촬영이었다. 과거 회상 장면의 촬영이었는데, 머리를 자르고 하는 촬영이어서 뒷부분에 일정이 잡혀 있었던 거였다.

그런데 사람들은 모두 자신의 눈을 의심했다. 주혁이 평소와는 달리 밝은 의상을 입고 나타나자 분위기가 조금 다르다는 느낌은 받았다. 그런데 연기에 들어가니까 지금까지 촬영했던 캐릭터와는 완전히 다른 사람이었다.

"음?"

사람들은 눈을 비볐다. 물론 알고 있다. 이전과는 다른 분위기를 보여주어야 한다는 사실을. 그래서 주혁이 그런 모습을 보여주리라 기대했다. 그런데도 사람들이 놀라는 건 자신들이 상상했던 것을 뛰어넘는 걸 보았기 때문이었다.

전에는 어둡고 음습한 분위기가 풀풀 풍겼다고 하면, 지금은 밝고 화사했다. 눈빛도 선량한 초식 동물의 눈 같아 보였고, 표정도 보고 있으면 저절로 미소가 지어지는 그런 느낌을 주었다.

"그냥 회사원 같아."

누군가가 중얼거렸다. 풋풋하고 신선한 느낌이 들었고, 심지어는 예뻐 보인다는 생각마저 들었다. 달라진 건 걸치고 있는 옷뿐. 그리고 한 가지 더 있다면, 감정 연기를 이전과는 다르게 하고 있다는 것뿐이었다.

"천사와 악마의 얼굴이 공존하는 마스크를 가진 배우라고 하더니."

그래도 이건 너무 심했다. 감정에 따라서 이렇게까지 다른 사람으로 보일 수 있다는 게 정말 신기했다. 하지만 놀랍다고 해서 언제까지 수군거리고만 있을 수는 없다. 촬영은 계속 진행되었다.

"한 테이크밖에 못 가는 장면이니까 다들 긴장해."

촬영장에서 가장 무서운 말일 것이다. 한 테이크밖에 가지 못한다는 말은 작은 실수라도 나오는 날에는 끝장이라는 말이었다. 자동차를 트럭이 덮치는 장면이라서 다시 찍을 수 없는 그런 장면이었다.

만약에 도저히 장면을 쓸 수 없다고 하면, 물론 다시 찍을 것이다. 그렇다고 이 장면을 빼거나 영화를 만들다 말 수는 없지 않은가. 하지만 예산, 일정 등 모든 것이 꼬여 버리게 된다. 그리고 누군가는 그 책임을 져야 할 터이고.

배우와 스태프 모두가 초긴장 상태에서 촬영이 진행되었다.

모두의 염원대로 촬영은 큰 문제 없이 진행되었다. 모두가 실수 없이 진행되었고, 주혁은 총에 맞아 쓰러진 상태에서 차를 향해 움직이려 하고 있었다.

애타게 차를 향해 움직이려고 하지만 갈 수 없는 그런 안타까운 모습이 그려지면 촬영은 끝나는 거였다. 그런데 마지막 순간에 문제가 생겼다. 사람들이 잡고 있는데도 주혁이 조금씩 차를 향해 움직이기 시작했던 거였다.

주혁을 잡고 있던 배우들은 당황했다. 감독으로부터 무슨 일이 있어도 움직이지 못하게 하라는 말을 들었기 때문이었다. 그리고 주혁은 감독으로부터 다른 말을 들었다. 어떻게든 차를 향해 움직이라고.

감독은 가고 싶지만 갈 수 없는 그런 애절한 모습이 그려지기를 바랐던 것이다. 그리고 건장한 남자 셋이 누워 있는 주혁을 꽉 잡으면 설마 움직일 수 있겠냐 싶었던 거였다. 그런데 움직였다.

배우들은 당황해서 더 강하게 주혁을 잡았는데도 무슨 힘이 그렇게 좋은지 조금씩 꿈틀거리면서 차를 향해 움직였다. 그런데 그 모습이 너무나도 눈물겨웠다. 어떻게라도 차에 있는 아내에게로 다가가려는 처절한 몸짓이 가슴을 뭉클하게 했다.

"애절한 느낌이 화면 밖으로 풍겨 나오는 것 같아."

촬영이 끝나고 화면을 보면서 촬영감독이 이야기했다. 감독도 같은 생각이었다. 자신이 그렸던 그림과는 차이가 있었지만, 오히려 지금 장면이 더 좋았다. 자신이 원하던 느낌을 더 잘 표현하고 있었으니까.

"그런데 주혁이는 무슨 힘이 그렇게 센 거야? 보통 밑에 깔리면 남자 한 명이 누르고 있어도 움직이기 어려운데."

"주혁이는 괴물이라니까."

이 영화는 주혁이 아니었다면 지금 같은 분위기가 나올 수 없는 영화였다. 액션도 그렇고 연기도 그렇고.

"만약에 말이야."

감독의 말에 촬영감독이 고개를 돌렸다.

"주혁이 자리에 다른 배우를 넣는다고 하면 누가 가장 어울릴까?"

촬영감독은 배우들을 떠올려 보았다. 같이 작품을 한 배우도 꽤 있었고, 영화를 통해서 혹은 사람들에게 들어서 어떤지 알고 있는 배우도 많았다. 그런데 아무리 떠올려도 마땅한 사람이 떠오르지 않았다.

감독 역시 말을 해놓고는 생각에 잠겼다가 떠오르는 배우가 없다는 걸 확인하고는 고개를 들었다. 둘의 시선이 허공에서 얽혔다. 그리고 둘 다 같은 생각을 하고 있다는 걸 알 수 있었다.

"하기야 저 친구를 누가 대신할 수 있겠어. 따로따로 떼어놓으면 그 정도 할 수 있는 사람들이 있겠지만, 그 모두를 저 정도까지 할 수 있는 건 저 친구 하나라고 봐야지."

"따로따로 봐도 별로 없을 것 같은데?"

"하긴 그렇긴 해. 그러니까 괴물이지. 참 재미있네. 저 친구 처음 출연한 영화가 괴물이라고 하던데."

"왜 배우는 출연한 영화 제목 따라간다고 하잖아. 가수는 자기 노래 제목 따라간다고 하고."

감독과 촬영감독은 멀리서 무술감독과 이야기를 나누고 있는 주혁을 바라보면서 이야기를 나누었다.

"오, 좋은데요? 정말 섬뜩하네요."

주혁은 무술감독과 목욕탕 장면의 디자인을 놓고 이야기를 나누고 있었다. 무술감독이 전적으로 작업을 하긴 했지만, 주혁도 상당한 도움을 주고 있었다. 아이디어도 많이 제공했고, 무엇보다도 영상을 그려보는 능력이 뛰어나다는 게 큰 도움이 되었다.

주혁은 정말 마음에 들었다. 정말 전직 특수요원이 다수의 조폭을 상대하면서 벌이는 무시무시한 살육의 현장이라는 생각이 들었다. 장면을 상상하는 것만으로도 사방이 핏빛으로 가득했고, 비릿한 혈향이 코를 자극하는 듯했다.

주혁은 다시 한 번 장면을 상상했다. 넓은 장소에서 다수의 적을 상대하는 자신을. 무술감독의 디자인은 굉장히 디테일했다. 적에게 공포감을 심어주면서 확실하게 제압해 나가는 모습이 생생하게 그려졌다. 그 움직임은 효율적이면서도 주혁의 캐릭터와 정확하게 부합했다.

"팔에 소름이 돋는데요?"

주혁은 팔을 들어 보였다. 정말로 팔에 오돌토돌 돌기가 보였고, 잔털이 쫙 일어나 있었다. 무술감독은 회심의 미소를 지었다. 자신이 작업한 결과물의 가치를 누군가가 알아봐 준다는 건 기분 좋은 일 아니겠는가.

"이거 몸이 막 꿈틀거려서 가만히 있을 수가 없는데요?"

주혁은 몸을 으쓱거리면서 말했다. 실제로 그 장면을 상상하니 당장에라도 실력을 발휘하고 싶은 생각이 들었다. 그만큼 매력적으로 만들어진 장면이었다.

"기대하지."

무술감독은 웃으면서 말했다.

이제 이 장면만 찍으면 촬영도 거의 마무리되는 거나 마찬가지였다. 남은 일정이 좀 있기는 했지만, 아무래도 가장 중요한 장면은 마지막 격투 장면이었으니까. 집에 돌아온 주혁은 그 장면을 상상하면서 잠이 들었다.

*   *   *

주혁은 먼저 와서 촬영 현장을 구경하고 있었다. 시나리오 상으로는 중반부쯤에 나오는 악당 형제의 잔혹성을 드러내는 장면이었다. 아무렇지도 않게 사람을 죽이는 그런 모습이 아주 적나라하게 그려졌다.

캐릭터의 성격을 보여주기 위해서 꼭 필요한 장면이었는데, 주혁이 감탄하는 건 만석 역으로 나오는 배우의 열정이었다.

그는 복장부터 시작해서 캐릭터의 세세한 것까지 많은 아이디어를 제공했다. 지금 입고 있는 등산복도 그의 아이디어였다. 만석이라는 캐릭터를 만든 건 감독이라고 한다면, 그 캐릭터를 지금의 캐릭터로 키운 건 김희운이라는 배우였다.

거기다가 지금 먹고 있는 초밥도 그렇다. 원래는 살인한 후에 먹기로 되어 있는 건 중국 음식이었다. 그런데 여기서도 그가 아이디어를 냈다. 마약을 훔쳐 간 캐릭터를 죽이고 날것을 먹는 게 더 느낌이 있어 보이지 않겠느냐고.

확실히 그랬다. 살인을 하고 나서 바로 자장면을 먹는 것보다는 생선의 회가 보이는 초밥을 먹는 게 무언가 느낌이 있지 않겠는가. 사실 대부분의 관객은 알지도 못하고 넘어갈지도 모른다. 하지만 이런 작은 것들이 모여서 영화의 완성도가 높아지는 거였다.

"오케이. 수고했습니다."

열정을 가지고 노력하는 동료. 언제나 믿음직한 든든한 아군이다. 그들의 촬영이 끝나고 이제는 주혁의 차례. 드디어 고대하고 있던 격투 장면이다. 무술감독은 벌써부터 얼굴이 살짝 상기되어 있었다.

"주혁아, 연습했던 대로만 하면 돼."

이미 무술 팀과는 여러 차례 리허설을 한 상태였다. 하지만 카메라가 돌아가는 상황에서는 긴장도 하게 되고, 실수도 나오는 법이다. 주혁이야 경험도 풍부하고 익숙했지만, 무술 팀은 그 정도는 아니어서 더욱 연습에 매달렸다.

아예 몸이 기억할 정도로 연습을 해서 실수를 줄이자는 생각에서였다. 그래서 격투 장면은 큰 걱정은 없었다. 오히려 대사와 연기가 걱정이었다. 무술 팀도 그 점이 우려가 되는 듯, 대사나 연기 연습을 하고 있었다.

주혁도 머릿속으로 장면을 반복해서 그렸다. NG가 나게 되면 굉장히 번거로울 수 있는 장면이었다. 한 번에 오케이가 나오지는 않겠지만, 그래도 최대한 집중해서 테이크를 많이 가지 않도록 할 생각으로 집중력을 높였다.

"촬영 들어가겠습니다."

주혁이 집중 상태에서 벗어난 건 조감독의 목소리를 듣고 난 후였다. 그는 머리를 흔들고 자리에서 일어났다. 일어나다가 주혁은 웃음이 터졌다. 조감독과 조금 전 장면에서 마약을 훔쳤다가 죽는 역을 한 배우가 같이 보였기 때문이었다.

주혁이 웃은 이유는 마약을 훔친 역할을 한 캐릭터의 이름과 조감독의 이름이 같았기 때문이었다. 같은 이름의 두 명이 나란히 있으니 뭔가 묘한 느낌이었다. 조감독의 이름은 다른 영화에서도 사용된 적이 있었다. 공동경비구역 JSA에서 남측 병사 두 명 중에서 조연 캐릭터의 이름이 조감독의 이름이었다.

잠깐 웃고 나니 몸에 살짝 깃들여 있던 긴장이 말끔하게 풀린 느낌이 들었다. 주혁은 스트레칭을 한 후에 자신이 있어야 할 위치로 움직였다. 이제는 본격적으로 움직여야 할 시간이 되었으니까.

다른 사람들도 하나둘 제 자리에 위치했고, 장비와 스태프도 준비되었다. 감독은 모든 것을 확인한 후 큰소리로 외쳤다.

"액션."

감독의 호쾌한 외침이 들렸을 때만 해도, 모든 것이 순조로울 것 같았다.

하지만 촬영은 생각보다 지체되었다. 생각지도 못했던 문제들이 있었기 때문이었다.

"아우, 이게 왜 이렇게 제대로 안 굴러가는 거야? 건져 올릴 때도 엄청 무겁더만."

눈알이 들어 있는 통이 문제의 주범이었다. 낚시로 들어 올릴 때도 생각보다 엄청나게 무거워서 문제를 일으켰고, 그걸 받아서 풀어야 하는 단역이 너무 떨어서 NG가 나기도 했다.

결정적인 건 그 통을 굴려서 주혁의 발밑에 정확하게 굴러가야 하는 장면이었는데, 이게 생각보다 똑바로 굴러가지가 않았다. 벌써 열 번이 넘게 통을 굴렸는데도 자꾸만 엉뚱한 방향으로 굴러갔다.

김희운은 연신 미안하다며 인사를 했다. 이제는 사람들이 간절한 시선으로 그를 바라보았다. 이번에는 제발 성공해 달라고 기원하면서. 그는 부담을 잔뜩 느끼면서 다시 통을 굴렸다. 그리고 드디어 정확하게 주혁의 발밑으로 굴러갔다. 열네 번째 시도 만의 성공이었다.

이제는 자신의 차례. 주혁은 감정을 서서히 끌어 올렸다.

"나 전당포 한다."

이어서 금니를 받는다고 말한 후, 주혁은 가슴속에서 끓어오르는 분노를 담아 정면을 쳐다보았다. 눈에는 핏기와 물기가 있었는데, 마주 보기가 겁날 정도로 무시무시한 기운이 느껴졌다.

주혁이 쳐다보는 주인공인 만석은 그 눈빛을 대하자 오싹한 기분이 들었다. 정말로 주혁이 자신을 죽이러 올 것 같은 느낌이 들었다. 그리고 그런 기분은 그다음 대사를 들었을 때 절정에 달했다.

'정말로 이빨을 모조리 뽑아버릴 것 같잖아?'

주혁의 목소리를 듣고, 표정을 보자 만석은 순간적으로 공포감에 휩싸였다. 사람이 목소리와 눈빛만으로도 이렇게 무서울 수 있다는 걸 처음 알았다. 정말 살기라는 게 있다는 사실도 처음으로 느꼈다.

안다. 자신도 이게 연기이고, 자신에게는 아무런 일도 없다는 사실을. 하지만 그래도 무서웠다. 머릿속에는 주혁이 자신을 죽이러 온다는 생각만 맴돌았다. 게다가 총소리는 얼마나 큰가. 총소리까지 들리자 만석은 혼비백산했다.

그래서 정신없이 도망쳤다. 배우는 항상 카메라를 신경 써야 한다. 카메라를 의식하는 건 금물이지만, 카메라에 잘 잡히도록 자연스럽게 움직여야 한다. 그런데 카메라가 어디에 있든 말든 정신없이 도망친 것 같았다.

감독은 정말 연기를 잘한다고 생각하고 있었지만, 그는 실제 상황이었다. 하지만 카메라에 찍힌 모습은 아주 현실감 있는 그런 모습이었다. 정말로 놀라서 도망치는 그런 모습이 담겼으니까.

*　　　*　　　*

"잠시 쉬었다 가겠습니다."

감독은 고개를 갸웃거리고 있는 주혁에게 다가왔다.

"오늘 컨디션이 좋지 않은 건가?"

평소와는 달리 자꾸 NG를 내는 주혁이 조금 이상해 보였다. 원체 NG를 잘 내지 않는 배우였는데, 오늘따라 이상하게 움직임이 어색했다. 정말 초보들이나 보이는 그런 실수를 보였다.

감독은 정말 안타까웠다.

체육관에서 이 장면을 보았을 때, 정말 만세라도 부르고 싶은 심정이었다. 정말 그때의 기분은 잊을 수가 없었다. 됐다. 정말 제대로 된 게 나왔구나 싶었다. 그래서 원래는 조명도 조금 어둡게 가져갈까 생각도 했었는데, 그러지 않았다.

이렇게 좋은 액션을 잘 보이지 않게 할 이유가 없었으니까. 그래서 최대한 액션이 잘 보이도록 하는 데 모든 포커스를 맞추었다. 그만큼 훌륭한 장면이었다.

그런데 모든 것의 중심인 주혁이 자꾸 NG를 내고 있었으니 조금 답답한 기분이 들었다.

주혁은 딱히 할 말이 없었다. 그저 다음에는 잘하겠다는 말밖에는.

총격전이 끝나고 나이프 액션에 들어갔을 때, 주혁의 집중력은 최고조에 달했다. 비록 소품이기는 했지만, 칼을 잘못 움직여서 눈 같은 곳을 찔리면 큰일이 나는 것이다.

그러니 정말 집중해서 액션을 해야 했다. 그렇게 신경을 쓰자 갑자기 그런 현상이 일어났다. 공중에서 자신을 내려다보는 것 같은 느낌이 들면서 시간이 조금 천천히 흐르는 그런 현상이.

그런데 문제는 그런 상황에 익숙하지 않아서 자꾸 실수를 한다는 거였다. 움직임도 어색했고, 약속했던 대로 잘 움직여지지 않았다. 주혁도 답답할 따름이었다. 그렇다고 집중을 하지 않을 수도 없는 일이고.

주혁은 잠시 밖으로 나왔다. 이 문제를 어떻게 해결해야 할지 생각하기 위해서였다. 주혁은 아까의 느낌을 떠올리면서 집중력을 끌어 올렸다. 그런데 평소에는 그렇게 안 되더니, 오늘은 평소보다 집중력이 좋아서인지 바로 아까와 같은 경험을 할 수 있었다.

'이거 기분이 묘한데?'

처음에는 조금 낯설게 느껴졌지만, 잠시 움직여 보니까 금방 요령이 붙었다. 그다지 어려운 건 아니었다. 그저 낯설게 느껴져서 실수를 한 것뿐이었다. 오히려 시야가 넓어서 움직이기가 더 편했다.

하지만 조금 시간이 지나자 머리가 띵해지는 느낌이 들었다. 정신력을 많이 소모해서 그런 모양이었다.

주혁은 다시 평소처럼 돌아와서 눈을 감고 휴식을 취했다. 이제는 요령을 알았으니 촬영은 걱정 없겠다는 생각을 하면서.

그리고 그런 주혁의 생각은 촬영이 재개되었을 때, 바로 확인할 수 있었다. 아니, 오히려 움직임이 연습을 했을 때보다도 더 좋았다.

주혁이 정상으로 돌아오자 무술 팀 사람들도 편해졌고, 감독과 스태프의 표정도 한결 밝아졌다.

"그럼 그렇지."

감독이 고개를 주억거리면서 중얼거렸다. 사실 이 정도 NG는 어떤 배우라도 할 수 있는 거였다. 주혁이 그동안 워낙 NG를 내지 않아서 많아 보였던 것이지, 충분히 이해할 수 있는 수준이었다. 그리고 곧바로 원래 모습으로 돌아왔다. 이제는 아무런 문제도 없었다.

"이건 한 컷이니까 다들 집중해서 가자고."

"예!"

무술 팀과 주혁은 마지막 격투 장면의 촬영을 위해서 세팅을 점검했다. 선혈이 낭자하게 뿌려질 장면이었다. 이 장면이 NG가 나면 엄청나게 번거롭게 된다. 피가 묻은 의상은 전부 갈아입어야 하고, 바닥에 떨어진 피도 전부 지워야 한다.

그 외에도 정말 손이 많이 가게 되니 단번에 오케이를 받자고 손을 맞잡고 결의를 다졌다. 주혁은 자신 있었다. 살짝 위에서 보는 느낌이라서 시야가 확보되니까 전후좌우의 상황을 살피면서 움직일 수 있어서 훨씬 편했다.

그리고 촬영에 들어갔을 때, 주혁의 시야는 다른 때보다도 더 높아졌고, 시간은 더 느리게 흘렀다. 마치 공중에서 내려다보면서 움직임을 조정하는 것 같은 기분이 들었다.

"오오~"

지켜보던 사람들의 입에서 자연스럽게 감탄사가 흘러나왔다. 주혁의 나이프가 움직일 때마다 상대의 몸에서 피가 솟구쳤다. 정말 간결한 움직임으로 상대를 제압해 나갔다. 그리고 잔인하게 상대에게 상처를 입혔다.

사방에 비명 소리가 가득했다. 혼자서 다수를 상대할 때는 적에게 공포감을 심어주어야 한다. 그래야 적의 몸이 굳게 되고, 상대하기가 쉬워진다. 주혁은 그런 움직임의 정석을 보여주었다.

비명 소리가 멈춘 건 주혁의 움직임이 멈추었을 때였다. 적은 모두 쓰러져 있었고, 사방에는 핏자국이 가득했다. 서 있는 것은 오로지 주혁 한 사람뿐. 그리고 그의 거친 숨소리만이 공간에 울려 퍼지고 있었다.

"어떤 것 같습니까?"

"흐음."

감독은 지금 촬영한 영상을 보았다. 이 장면은 영상을 확인하고 나서 더 갈지 말지를 결정해야 했다. 그냥 느낌으로는 좋다고 생각되었는데, 과연 그 느낌이 영상에도 고스란히 담겼을지 궁금했다.

그리고 영상을 보고는 확신할 수 있었다. 정말 최고의 장면이 나왔다고.

"오케이."

감독은 화면 속의 주혁을 쳐다보면서 시원하게 오케이를 외쳤다. 이렇게 좋은 얼굴과 움직임이 영상에 담겼는데, 뭘 더 찍는단 말인가.

그리고 이어지는 타나윙과의 액션 장면도 주혁은 비슷한 경험을 하면서 소화했다. 물론 그동안 수많은 연습을 통해서 충분히 합을 맞춰왔지만, 넓은 시야와 느려진 시간은 아주 세심한 부분까지 완성도 있는 움직임을 가능하게 했다.

타나윙과의 액션이 끝났을 때, 사람들의 표정은 한껏 기대에 차 있었다. 어서 이 장면을 실제 영화 속에서 보고 싶다는 생각들이 가득했던 것이다.

하지만 주혁은 그런 것보다 오늘 느낀 감각에 대해서 더 궁금했다. 그래서 돌아와서는 바로 상자와 대화를 했다.

[혹시 상자의 다른 주인들이 어떤 능력을 갖게 되었는지 아는 게 있나?]

주혁은 상자의 능력이 아니니 말해줄 수 있으리라고 생각했다. 상자는 주혁의 궁금증을 조금 풀어주었다. 하지만 전부는 아니었다.

[지금 단계에 들어서면 다소 초인적인 능력을 갖게 되는 것 같다.]

상자는 다소 모호한 답변을 했다. 상자는 확신하기에는 너무 정보가 부족해서 이렇게밖에는 말할 수 없다고 했다.

[지금 단계에 들어선 건 단 세 사람. 나의 처음 소유자와 너, 그리고 다른 합체된 상자의 주인. 그리고 적어도 나의 처음 소유자와 너는 무언가 특별한 능력을 개발하게 된 것 같다.]

주혁은 상자는 오래전부터 있었지만, 사용된 건 얼마 되지 않는다는 사실을 알았다. 그리고 이 상자의 처음 소유자가 가진 능력은 예지력이라고 했다. 같은 상자인데도 다른 결과가 나온 것을 보면, 아마도 사람마다 다른 능력이 개발되는 듯했다.

그리고 합체된 다른 상자의 주인도 무언가 특별한 능력이 있을 가능성이 높았다. 하지만 그게 무슨 능력인지는 모르겠지만, 그다지 걱정되지는 않았다. 자신에게는 다시 살아날 수 있는 히든카드가 있으니까. 그보다 더 대단한 게 어디 있겠는가.

『즐거운 인생』 9권에 계속…

데일리 히어로

FUSION FANTASTIC STORY

인기영 장편 소설

Book Publishing CHUNGEORAM

유행이 아닌 자유추구 -
WWW.chungeoram.com

절정고수들이 하늘 높은 줄 모르고 질주하는 현 세상.
서른여덟 개의 세력이 서로를 견제하는 혼돈의 시대.

그 일촉즉발의 무림 속에
첫 발을 디딘 어린 소년.

"나는 네가 점창의 별이 되기를 원한다."

사부와의 약속을 지키고
난세로 빠져드는 천하를 구하기 위해
작은 손이 검을 들었다!

박선우 新무협 판타지 소설 FANTASTIC ORIENTAL HE

풍운사일

내일을 향해 쏴라

김형석 장편 소설

FUSION FANTASTIC STORY

1만 시간의 법칙!
'성공은 1만 시간의 노력이 만든다' 는 뜻이다.

그러나…
사회복지학과 복학생 수.
전공 실습으로 나간 호스피스 병동에서
미지와 조우하다.

1만 시간의 법칙?
아니, 1분의 법칙!

전무후무한 능력이 수에게 강림하다!
맨주먹 하나로 시작한 수의
인생역전이 시작된다!

Book Publishing CHUNGEORAM

유행이 아닌 자유추구-
WWW.chungeoram.com

우각 新무협 판타지 소설

북검전기

2014년의 대미를 장식할,
작가 우각의 신작!

『십전제』, 『환영무인』, 『파멸왕』…
그리고,
『북검전기』
무협, 그 극한의 재미를 돌파했다.

북천문의 마지막 후예, 진무원.
무너진 하늘 아래 홀로 서고, 거친 바람 아래 몸을 숙였다.

살기 위해! 철저히 자신을 숨기고
약하기에! 잃을 수밖에 없었다.

심장이 두근거리는 강렬한 무(武)!
그 걷잡을 수 없는 마력이,
북검의 손 아래 펼쳐진다!

Book Publishing CHUNGEORAM

유행이 아닌 자유추구 -
WWW.chungeoram.com

The Record of
Dragon's
Return

재중 귀환록

푸른 하늘 장편 소설
FUSION FANTASTIC STORY

『현중 귀환록』,『바벨의 탑』의
푸른 하늘 신작!
이계를 평정한 위대한 영웅이 돌아왔다!

어느 날 갑자기 찾아온 부모님의 죽음.
그리고 여동생과의 생이별.
모든 것을 감당하기에 재중은 너무 어렸다.
삶에 지쳐 모든 것을 포기할 때, 이계에서 찾아온 유혹.

"여동생을 찾을 힘을 주겠어요.
…대신 나를 도와주세요."

자랑스러운 오빠가 되기 위해!
행복한 삶을 위해!

위대한 영웅의
평범한(?) 현대 적응이 시작된다!

Book Publishing CHUNGEORAM

유행이 아닌 자유추구 -
WWW. chungeoram.com